जटायु

जटायु

महाश्वेता देवी

अनुवाद

सुशील गुप्ता

वाणी प्रकाशन

प्रकाशन के उत्कृष्टतम 61 वर्ष

सजिल्द पहला संस्करण : 2017
सजिल्द दूसरा संस्करण : 2023
सजिल्द तीसरा संस्करण : 2024

vaniprakashan.com

वाणी प्रकाशन
4695, 21-ए, दरियागंज, नयी दिल्ली-110 002
फ़ोन : + 91 11 23273167, 23275710
शाखाएँ
अशोक राजपथ, पटना-800 004, बिहार
कॉफ़ी हाउस कैम्पस, महात्मा गांधी मार्ग, प्रयागराज-211 001, उत्तर प्रदेश
महात्मा गांधी अन्तरराष्ट्रीय हिन्दी विश्वविद्यालय, वर्धा-442 001, महाराष्ट्र
sales@vaniprakashan.in
vaniprakashan@gmail.com

Jatayu
by Mahashweta Devi
Translated by Sushil Gupta

ISBN : 978-93-5229-618-7
Novel

मूल्य : ₹ 295

एम.पी. प्रिंटर्स, नोएडा में मुद्रित

वाणी प्रकाशन का लोगो मक़बूल फ़िदा हुसेन की कूची से

एक

सुबह-सुबह नींद टूटते न टूटते बीवी दीदी को याद आया कि उस बार जन्मदिन पर बापी ने उसे केक नहीं दिया। बापी के जन्मदिन पर सबने मिलकर रंगपुर के टाउन हॉल में मीटिंग आयोजित की थी। शहर के सभी गण्यमान्य लोगों में कोई भी नहीं छूटा था। सभी ने चन्दा दिया था, सभी लोग आये थे। उस समय, आताब अली, रेल की केटरिंग की देखरेख के लिए पार्वतीपुर और लालमणि हाट आया था। आताब अली किसी ज़माने में पेलेटी का आदमी था। जब पेलेटी की दुकान फिरपोवालों ने खरीदी नहीं थी, उसी ज़माने से आताब अली पेलेटी में मौजूद था।

बीवी दीदी ने सुन रखा था कि केक तैयार करने में अन्य किसी का हाथ उतना पक्का नहीं था। हर नये वर्ष, बड़े दिन और ईस्टर के मौके पर, आताब अली, हक़ साहब के बाज़ार में नयी-नयी डिज़ाइन के केक तैयार करके, ढेरों रुपये कमाता था। बापी के जन्मदिन पर भी आताब अली का तैयार किया हुआ केक आता था। ऊँची सी केक पर तरह-तरह की डिज़ाइनें बनी हुई! कोई कोना गिरजे जैसा! कोई कोना झोंपड़ी जैसा!

दीवार की डिज़ाइन पर चीनी के रस में डूबे हुए, सुर्ख-लाल चेरी के फल टँके हुए! देखते ही मन होता था कि झटपट खा लूँ!

बापी जब यहाँ नहीं होते थे, तब भी केक आता था। रंगपुर के लोगों ने उस बार भी आताब अली का पता खोज निकाला था और फर्माइश करके काफी बड़ा-सा, भारी-भरकम केक मँगवाया था। उन दिनों बीवी दीदी काफी नन्ही-सी थी! आठ या नौ वर्ष की! बापी केक लेकर आते होंगे, इस उम्मीद में वह काफी रात तक जगी बैठी रही। लेकिन बापी लगभग आधी रात को लौटे। वे गुप्ता बाबू की विशाल घोड़ागाड़ी पर सवार होकर लौटे थे। बीवी दीदी को आज भी याद है कि उसके कमरे की तरफ एक बार भी झाँके बिना, वे जूते चरमराते हुए, सीधे माँ के कमरे की ओर चले गये।

"तुम क्या खाली लौटे हो?" माँ की तीखी आवाज़ गूँज उठी।

"तुम्हारे लिए माला लाया हूँ।" बापी ज़रूर खुश-खुश मूड में थे, वर्ना लोगों के सामने यह जुमला बोलनेवाले इनसान वे नहीं थे। वे क्या, उस ज़माने के सभी लोग कामकाज के लोगों के कान बचाकर बात करते थे। नौकर-दासियों के सामने हड़बड़ाकर बातें करने का रिवाज़ उन दिनों था ही नहीं।

माला यानी फूलों की माला! मानपत्र! इसके अलावा सोने के पानी में जिल्ददार 'देवी चौधरानी' उपन्यास। 'देवी चौधरानी' और 'भवानी पाठक'—उपन्यास के पात्र, इसी रंगपुर के बाशिन्दा थे, ऐसा सभी लोग कहते थे। इसलिए रंगपुर में कोई गण्यमान्य आता था, तो उसे 'देवी चौधरानी' भेंट करने का फैशन था।

"मेरे लिए माला?" माँ ने धीमी आवाज़ में कहा।

"हाँ, जी!" इतना कहकर बापी ने खुद ही काँच की अलमारी खोल ली।

मानपत्र दो, सभा बुलाओ या चाहे जो करो, काँच की अलमारी खोलकर दो पल न बैठो, घूँट भर पीकर, गला तर न करो, तो बापी को नींद नहीं आती थी।

"आपने कहा था, सुनीति के लिए केक लायेंगे!" माँ के लहजे में ईषत झँझलाहट झलक उठी

बापी और ज़्यादा झल्ला उठे। उन्होंने दरवाज़ा खींचकर, धड़ाम से बन्द कर दिया और अपना अधूरा जुमला पूरा किया, "हुँहः सुनीति और सुनीति...सुनते-सुनते मेरे..."

उन दोनों की बातचीत अब सुनाई नहीं दे रही थी। मगर जिस हद तक सुनी जा सकती थी, बीवी दीदी दरवाज़े से कान लगाये सुनती रही। उसके बाद रोते-धोते जाने कब तो वह फर्श पर ही सो गयी, कोई नहीं जान पाया।

आज बापी के जन्मदिन पर अचानक वह बात याद हो आयी। याद पड़ते ही वह मन ही मन कसक उठी। उसका मन दुःखी हो आया। वैसे अभी भी उसे दुःख क्यों होता है और कहाँ तो कौन-सा दुःख ज़िन्दा रहता है, बीवी दीदी को तो यही समझ में नहीं आता था, वर्ना बापी की उम्र, आज सन् 67 के दो अक्टूबर को पूरे अस्सी वर्ष हो जाएगी! बीवी दीदी पूस के महीने में उम्र के पचास वर्ष पूरे करके इक्यावन में कदम रखेगी। बापी अपने जन्मदिन पर कल केक नहीं लाये, यह याद करके दुःखी होने से क्या फ़ायदा, कौन जाने! लेकिन आजकल यही सब छोटी-छोटी बातें ही उसे याद रहती हैं!

वे बिस्तर छोड़कर उठ खड़ी हुईं, पैरों में उन्होंने चप्पल डाली। धीरे-धीरे कदम बढ़ाती हुई वे अलमारी की दराज के सामने जा खड़ी हुईं। अलमारी के ऊपर एक आईना फिट था। बीवी दीदी की कंघी, तेल समेत छुटपुट अन्य सामान वहीं पड़ा रहता था। यहीं बेंत की डोलची में बीवी दीदी की सूखी मिठाइयाँ, काजू-बादाम, मूँगफली की पट्टी वगैरह खाने की कितनी ही चीज़ें छिपाकर रखती थी। जब कमरे में कोई नहीं होता, वे दरवाज़ा बन्द करके टपाटप कुछ-कुछ कुतर लेती थीं। आजकल उन्हें हर वक्त ही भूख लगी रहती थी, मन खाने-खाने की माँग करता रहता था, लेकिन वाणी ने उसे सख़्त नियम में जकड़ रखा था। सब कुछ नाप-तौलकर खाना होगा, उम्र के आखिरी दौर में संयम रखना पड़ेगा। कैसी रूखी और कड़ी बात! जाते समय वाणी जो वाक्य जड़ गयी थी, बीवी दीदी की छाती में अभी भी चुभी हुई थी।

चूँकि वह दशमी का दिन था, बीवी दीदी थोड़ी-सी निमकियाँ उतार रही थीं। तली हुई चीज़ें खाना वर्जित है, यह सब नेम-नियम मानकर चलना, अब उनके वश में नहीं था।

कई-कई आचार-नियम उन्हें इतने अर्थहीन, इतने फिजूल लगने लगे थे! अतिशय अश्लील!

वाणी दराज खोलकर क्या तो खोज रही थी!

"क्या कर रही हो?"

वह वाणी की ही आवाज़ थी न? इस कदर असहिष्णु! इतनी रूखी क्यों?

बीवी दीदी गले की आवाज़ सुनकर ही समझ लेती थीं कि वह इनसान कितना शरीफ! कितना सदाचारी है! उसकी शिक्षा-दीक्षा कैसी है!

वह तो शुक्र है कि उनकी बेटी की आवाज़ सुनकर, कोई स्थिति समझने के लिए आ नहीं धमका। अगर ऐसा होता, तो तमाशा हो जाता!

"निमकियाँ तल रही हूँ—"

"क्यों?"

"दशमी का दिन है न..." बीवी दीदी बेतरह लजा गयीं।

वाणी को यह क्या हो गया है? वह ऐसी क्यों बन गयी? इनसान के खाने-पीने को लेकर क्या इस तरह बोला जाता है? इसकी बातों का लहजा क्या अशालीन नहीं है? वाणी को जैसे उनकी बात पर भरोसा नहीं हुआ, इसीलिए वह दरवाज़े पर आकर खड़ी हो गयी।

बीवी दीदी ने तश्तरी में दो निमकियाँ उठाकर कहा, "ले गरम-गरम खा न। वाणी! अच्छा लगेगा तुझे!"

वाणी के चेहरे पर ईषत् व्यंग्यभरी मुस्कान झलक उठी।

अगले ही पल उसने धीमी, मगर ज़हरबुझी आवाज़ में कहा, "अपनी माँ, पति, मेरा सुख-चैन, मेरी सान्त्वना, सब कुछ तो तुम खा-निगल चुकी, माँ अभी भी तुम्हारे खाने का इतना चाव है? तुम्हें शर्म नहीं आती?"

कुछ देर तक बीवी दीदी को वाणी का वक्तव्य समझ में ही नहीं आया।

थोड़ा ठहरकर उन्होंने धीमे लहजे में कहा, "जीवधारी शरीर हमेशा कायम नहीं रहता, वाणी, तुम्हारी देह भी हमेशा ऐसी नहीं बनी रहेगी। अपनी माँ के बारे में, मैं तुम्हारी ज़ुबान से कुछ नहीं सुनना चाहती। लेकिन, अपने बाप का नाम मेरे सामने मत लेना। उनकी ज़िन्दगी में मेरा कोई हिस्सा नहीं था, उनकी मौत का भी कोई दायित्व मुझ पर नहीं था।"

"लेकिन दायित्व क्यों नहीं था, यही तो मैं नहीं जानती।"

वाणी भी उन्हीं की बेटी थी। कहते हैं इनसान की पीढ़ी ननिहाल या ददिहाल जैसी होती है। वाणी के माध्यम से बीवी दीदी आखिर किसे देख रही थीं?

"इस बात का क्या मतलब है, वाणी?"

"मेरा बप्पा अकेले ही जिम्मेदार थे, तुम्हारा या तुम्हारे मशहूर बापी का इसमें कोई दोष नहीं था, इस बात पर मुझे कभी विश्वास नहीं हुआ, माँ।"

"वा-णी!"

बीवी दीदी के दिमाग़ में मानो आग जल उठी। आँखों के आगे अँधेरा छाने लगा। उनसे यह कौन बात कर रहा है? यह लड़की क्या उन्हीं की फसल है? स्नेह क्या निम्नगामी होता है? सन्तान चाहे जैसी भी हो, माता को कुमाता नहीं होना चाहिए। तो फिर वाणी के प्रति उनके मन में यूँ ज़हर क्यों भरता जा रहा है?

"कुल सोलह साल की उम्र में तुम्हारा ब्याह हो गया था, यह भी कोई आज के ज़माने की बात नहीं है। फिर क्यों? क्यों तुम उन्हें क़बूल नहीं कर पायीं, यह सोचकर मुझे बेहद अचरज होता है। तुम्हारी उम्र की कोई लड़की..."

"मेरी उम्र की?"

"बीवी दीदी क्या नये सिरे से विस्मित हुई? पचास की उम्र आखिर क्या उम्र होती है? यह क्या उनकी दादी के ज़माने की बात है? सात वर्ष की उम्र में उनका विवाह हो गया; चौदहवें वर्ष में डैडी उनकी गोद में खेलने लगे। चौंतीस की उम्र में सास बनकर, पोते-पोतियों से भरा-पूरा संसार छोड़कर, पचास की उम्र में जब वे परलोक सिधार गयीं, तो लोगों ने कहा—सौभाग्यपूर्ण मौत ऐसी ही होती है। सौभाग्यवती इसे ही कहते हैं। दूधिया, सफेद बालों में भर माँग सिन्दूर पहनकर, बुढ़िया चली गयी।"

सिन्दूर-महावर में दमकती दादी के पाँवों की छापा, बड़े से काग़ज़ पर ली गयी थी। राजशाही में, बीवी दीदी की कोठी के पूजा-घर में वह छाप आज भी टँगी हुई थी।

उस ज़माने का दिन-काल और ही तरह का था। आजकल पचास की उम्र में भला कौन बूढ़ा होता है? अख़बार पढ़कर बीवी दीदी जान गयी थीं कि आजकल इनसान की उम्र बढ़ गयी है। इनसान ज़्यादा दिनों तक जीने लगा है। पचास की उम्र में कदम रखकर आजकल कोई बूढ़ा नहीं होता। बीवी दीदी यह हक़ीक़त जान चुकी हैं, इसीलिए वे चैन महसूस करती थीं, वर्ना कहाँ तो किस उजाड़-गाँव बस्ती में उनका विवाह हुआ! लड़का ऊँचे वंश का था, अच्छी नौकरी करता था। इसके अलावा ज़मींदारी का पैसा भी था। उनके बापी ने इसके अलावा और कुछ नहीं देखा। बीवी दीदी को यह भी पता था कि उनके बापी और कुछ देखेंगे भी नहीं, क्योकि उन्होंने उन्हें आम शिक्षा दी थी। अपनी बेटी में उन्होंने ऐसा कुछ देख लिया था, जो उन्हें अपने जीते जी भी देखना पड़ेगा, इसकी

उन्हें उम्मीद भी नहीं थी। बीवी दीदी जानती थी, बापी उनके विवाह के जरिये, उनसे बदला लेंगे।

उस वज्र देहात में एक-दो नहीं, पूरे पाँच वर्ष तक बीवी दीदी धान चुनती-बीनती रही, तरह-तरह के कामों में अपने को झोंके रही। वहाँ का रिवाज़ था, पूस के महीने में बहुएँ जब तक अपने हाथों से आँगन नहीं लीपती थीं, वहाँ धान नहीं उड़ेला जाता था। पूजा के मौके पर छोटी-छोटी बहुएँ दीया जलाकर अपनी बूढ़ी ननिया-सास के साथ रात जागकर, लौकी काटती थीं। जिस लौकी में एक भी बीज निकलता था, उसे बीच से काटकर, गाय के कठौते में डाल दिया जाता था। सब्जी काटकर, लौकी के छोटे-छोटे, महीन टुकड़े बनाने पड़ते थे। ननिया-ददिया सास, सास, सभी औरतें, गाल पर हाथ धरे, बैठे-बैठे सिर्फ गलतियाँ निकालती रहती थीं। शरद की कड़कड़ाती ठण्ड में, सब्जी-तरकारियों के टोकरे, आँगन में रखे जाते थे।

पीठ दर्द से टूटने लगती थी, उँगलियाँ अवश हो आती थीं, नींद के मारे आँखें ढुलढुल करने लगती थीं।

"देखो भई, राज-राजेन्द्रनन्दिनी हैं, तभी नींद में ढुलक रही हैं—" ददिया-सास ताना मारती।

रात दो-ढाई बजे रिहाई मिलती थी। उसके बाद भी ददिया-सास के घुटनों में गठिया के दर्द की वजह से गोबर नमक में आकन्द के पत्ते उबालकर, उनके घुटने सेंकने पड़ते थे। आकन्द पत्ते और गोबर के साथ और भी कई-कई तीखी गन्ध, अभी तक बीवी दीदी की नाक में समायी हुई है।

सिर्फ कमर-तोड़ मेहनत और मेहनत। भूत की तरह बीवी दीदी लगातार जी-तोड़ काम किया करती थी, मानो उनके मन के दर्द की खबर किसी को न हो। कभी उन्हें हर पल कठिन श्रम में अपनी हड्डियाँ तोड़नी पड़ी थीं, इसलिए आज भी कभी-कभी उन्हें लगने लगता है, उनकी उम्र क्या सौ-दो सौ वर्ष तक पहुँच गयी है?

इसके बावजूद अब, उन्हें बेहद अच्छा लगता है, अपने को बेहद स्वस्थ महसूस करती हैं। बीच-बीच में वे अपने दिल का दर्द तक भूल जाती हैं।

बहरहाल, वाणी की बातों ने अचानक उन्हें सब कुछ दोबारा याद दिला दिया।

ईषत् अचरज और ढेरों दुःख महसूस करते हुए, बीवी दीदी ने कहा,

“सुनो, वाणी मेरी उम्र तुम लोगों के मुकाबले ज़्यादा ज़रूर है, यह सच है। इसीलिए कहती हूँ कि जिस बात की तुम्हें जानकारी नहीं है, फैसले की नज़र से उसकी जाँच-परख मत किया करो। तुम्हारे पिता अब स्वर्गधाम जा चुके हैं...”

“मैं स्वर्ग नहीं मानती।”

वाणी तो उन्हें चुभते हुए जुमले सुना रही थी, लेकिन उनकी अपनी छाती में क्या वे बातें चुभ रही थीं? उसका चेहरा क्यों फक् पड़ता जा रहा था? और स्नेह अगर निम्नगामी होता है, तो वे ही भला अपनी बेटी को अपने गले से क्यों नहीं लगा पा रही थीं?

“मुझे नहीं पता कि बप्पा स्वर्ग गये या नहीं, मुझे यह भी नहीं पता कि किसी दिन मुझे सारी बातें बतायी क्यों नहीं गयीं। वैसे मुझे भी जानने का हक़ है, यह ख़याल क्या तुम्हारे मन में कभी नहीं आता?”

“हक?” बीवी दीदी को हैरानी हुई। लेकिन चूँकि वे उत्तेजित हो उठी थीं, इसलिए उनकी आवाज़ भीषण क्षुब्ध सुनाई दी।

उत्तेजित मनःस्थिति में विस्मय और भयंकर क्रोध की अभिव्यक्ति क्या एक ही तरह की होती है?

वाणी भी तीखे गुस्से से भड़की हुई थी।

“हाँ! हक! मैं तुम्हारे बापी के बारे में जानना चाहती हूँ, अपने पिता के बारे में जानना चाहती हूँ! मैं पूरा-पूरा सच जानना चाहती हूँ।”

—पूरा-पूरा सच? हे भगवान! सत्य कितना निष्कलंक, शुभ्र-पवित्र होता है, तू उसका चेहरा देखना चाहती है वाणी? असल में सत्य का चेहरा बेहद भयंकर होता है, वाणी! बेहद बीभत्स! माँ-बाप, पति-पत्नी, स्नेह-प्रेम-प्यार हर रिश्ते के हर आवेग का एक और चेहरा भी होता है। वह चेहरा अति भयंकर होता है, वाणी! आज भी मैं रह-रहकर चौंक उठती हूँ, आज भी मैं सो नहीं पाती! सुन, तू कुछ भी जानने की ज़िद मत कर।

लेकिन चाहकर भी बेवी दीदी की ज़ुबान से एक भी शब्द नहीं निकला!

“हज़ार हो, उन लोगों के प्रति...हालाँकि, अपने बप्पा को मैंने नहीं देखा, तुम्हारे बापी का लाड़-दुलार भी मुझे नहीं मिला, इसके बावजूद उनकी यादों के प्रति श्रद्धावश ही, मैं अपने सुख-शान्ति का विसर्जन दे रही हूँ। क्यों, दे रही हूँ या नहीं?”

“वह सब जानकर तू सुखी नहीं होती—”

"इनसान जब कीमत देता है, तो बदले में कोई चीज़ भी चाहता है या नहीं?"

वाणी के पिता ने बापी के रोग-बीमारी में मदद की थी इसलिए उन्होंने अनन्त वकील की बेटी से और ही तरह की कीमत वसूल की थी! कीमत का ज़िक्र मत उठाओ, वाणी। कीमत के बारे में अलग-अलग इनसान, अलग-अलग अर्थ लगाता है।

"भविष्य में उन लोगों की यादें उजली और पवित्र रखने के लिए, तुमने मुझसे भयंकर कीमत वसूल की है, माँ!"

वाणी की नाक की पोपटें फूल उठीं। गोरे माथे पर उभरी हुई नसें दपदपा उठीं। वाणी के हड्डी-हड्डी सख़्त चेहरे पर, अपने बाप का सिर्फ रंग भर मौजूद है, वर्ना उसकी तरफ भला कोई देखता?

"वह सब जानकर तू सुखी नहीं होती, वाणी!" बीवी दीदी ने अस्फुट लहजे में कहा।

अर्से बाद, सीने की बायीं तरफ दर्द चिनचिना उठा। पता नहीं दवा मँगायी गयी है या नहीं। हाबुल भी घर पर नहीं है। उन्हें दवा देगा भी कौन?

"तुम्हें कैसे पता, माँ? तुम... तुम्हें तो सुख कभी मिला नहीं। इसीलिए तुमने मुझे भी कभी सुखी नहीं होने दिया।"

वाणी की छाती में भी क्या दर्द जाग उठा है! वह भी मानो दर्द से चीख उठी थी और दनदनाते हुए नीचे उतर गयी।

—वाणी, लौट आ! मैं तुझे सारी बात बताती हूँ, वाणी! बीवी दीदी ने आवाज़ देने की कोशिश की, लेकिन उनसे बोला नहीं गया। काश, वे उतनी सहज हो पातीं, काश, वे अपने को उस हद तक अलग कर पातीं। बीवी दीदी यही तो नहीं कर पायीं। सन्तान होने के समय भी वे अपने शरीर को ढीला नहीं कर पायीं। अतिशय कष्ट झेला था उन्होंने। उन दिनों शिशुमंगल का नाम नहीं हुआ था। वहाँ से सरस्वती धाय को बुला लिया गया था। उनके लिए एक कमरा अलग कर दिया गया था। सरस्वती पास की हुई, अंग्रेजी की जानकार, पक्की धाय थी।

"बदन ढीला करो! दर्द उठने दो! ढीला करो बदन"—सरस्वती कहती रही।

लेकिन बीवी दीदी बदन ढीला नहीं कर पायीं।द काफी कोशिश-तदबीर, काफी तकलीफ से वाणी को दुनिया के दर्शन कराये गये। प्रसव-कमरे

में वह कैसा तजुर्बा था। वाणी के बप्पा का हाथ उनके हाथ पर पड़ते ही, अन्दर से असली बीवी दीदी को मानो कसकर बाँध-छाँदकर, जाने किसमें तो उन्हें बाँध लिया।

वह बन्धन, ज़िन्दगी में दुबारा नहीं खुला।

"रमला! रमला! तुम कैसी पत्थर-दिल हो! मुझ पर दया करो, रमला!" वाणी के बप्पा की अन्धे आवेग में बहती हुई वह रुआँसी आवाज़, बीवी दीदी ने ज़िन्दगी में सिर्फ दो-एक बार ही सुनी थी। लेकिन वह आवाज़ सुनकर भी वे अपने को ढीला नहीं कर पायीं।

अगर ढीला कर पातीं, तो क्या होता? पति की आवाज़ कानों में पहुँचते ही उनका समूचा अतीत, जीवन की सारी नाइंसाफी, अनन्त वकील की बेटी का भर माँग सिन्दूर दमकता चेहरा—सब कुछ मानो हहराकर उनके मन में हड़कम्प मचाने लगे। "रमला, तुम कितनी पत्थर-दिल हो! रमला, दया करो!"—यह आवाज़ सुनते ही, वे ज़िन्दगी भर की नाइंसाफी, असीम स्नेहहीनता, अनन्त रुक्षता, बीवी दीदी कैसे भूल जातीं?

मुमकिन है...हाँ, बहुत मुमकिन था, इसके बावजूद सब कुछ ठीक हो जाता। वैसे सबकुछ ठीक नहीं होता, आधा-अधूरा सही नहीं होता, हाँ, बस, आधा-अधूरा सही हो जाता और वही, उतना-सा ही लेकर इनसान मज़े से ज़िन्दगी गुजार देता। लेकिन बीवी दीदी के बापी धीरे-धीरे सीढ़ियों से नीचे उतर आये थे।

"बीवी, खबरदार! जाना मत!" बापी चीख उठे थे। हाँ, उनके बापी। जो बापी घोड़ागाड़ी पर सवार होकर, अपने तन-बदन की बलि देकर, दूसरों के सुख-शान्ति-आराम का इन्तज़ाम करते फिरते थे। रास्ते के कुत्ते को भी अगर जख्मी देखते, तो उसका इलाज किये बिना, उन्हें चैन नहीं आता था। गैरों के आँसू पोंछने के लिए, जो इनसान रात-रात भर जाग-जागकर कामों में डूबे रहते थे, काग़ज़-पत्तर उलटते-पलटते रहते थे।

वही बापी, बीवी दीदी के विवाहित जीवन पर चिर दिन विशाल चट्टान की तरह सवार रहे। उन दोनों पति-पत्नी में तिल मात्र भी सुलह की सम्भावना देखते ही, बापी के तन-बदन में पुराना खून भड़क उठता था।

लेकिन कहते हैं कि स्नेह निम्नगामी होता है। अगर यह बात सच होती, तो बीवी दीदी, वाणी को कुछ बता क्यों नहीं पायीं? उनके मुँह से ज़ुबान किसने छीन ली थी?

वाणी के चले जाने के बहुत देर बाद, बीवी दीदी को किसी तीखी

गन्ध का अहसास हुआ। स्टोव में ज़्यादा तेल नहीं था। स्टोव बुझ जाने के बाद किरासिन की धुआँभरी गन्ध! कड़ाही में पड़े डालडा के जलने की गन्ध! अरे! बीवी दीदी तो निमकी तल रही थीं।

वाणी लौट आ—यह आवाज़ देने के बजाय स्टोव से कड़ाही उतारना ही बीवी दीदी को ज़्यादा ज़रूरी लगा।

वाणी नहीं, वनवाणी! बीवी दीदी के बापी द्वारा दिया हुआ नाम! वाणी के पिता ने कोई नाम-वाम नहीं दिया था। अगर कोई नाम देते भी, तो काफी आश्चर्य की बात होती।

वाणी लौटकर नहीं आयी।

वाणी अपनी बुआ के यहाँ चली गयी। हालाँकि उसकी बुआ ने कभी, किसी दिन भी उसकी खोज-खबर नहीं ली। वे भी अपने बड़े भाई की भक्त बहन थीं। लेकिन इधर कुछ दिनों से, खासकर उनकी माली हाली बेहतर हो जाने के बाद से, वे बार-बार वाणी की खोज-खबर लेने लगी थीं।

बीवी दीदी जानती थीं, सिर्फ उन्हें अपमानित करने के लिए ही उसकी बुआ यह हरकत कर रही थीं। वाणी को उसकी माँ फूटी आँखों नहीं सुहाती थी, वाणी अपने ननिहाल को बर्दाश्त नहीं करती थीं, ननद उन्हीं बातों को भुना रही थीं।

शायद उन्होंने ही वाणी को तरह-तरह से समझाया-बुझाया होगा कि उसकी माँ ने अपने बापी के उकसाने पर अपने पति के साथ दुर्व्यवहार किया, हर तरह से उनसे बदसलूकी की।

वैसे बीवी दीदी को यह जानकारी नहीं थी कि वाणी की बुआ ने उसके और किस हद तक कान भरे हैं। लेकिन इस बारे में वे पूरी तरह निश्चित थीं कि बुआ ने यूँ भिगो-भिगोकर, बातों का ऐसा मीठा-मीठा ज़हर बिखेरा है कि वाणी को लगा है कि वही उसकी एकमात्र मित्र और परम हितैषी हैं।

यह ख़याल आते ही बीवी दीदी का मन और सख़्त हो आया। स्वभाव में इसी एक जगह वाणी कमज़ोर थी। कमज़ोरी का फ़ायदा उठाकर, मित्र का रूप धारण करना, एक किस्म का गलीजपन है। वाणी उस गन्दगी को आखिर प्रश्रय क्यों देती है?

उन्होंने खुद तो किसी दिन, किसी भी इनसान को उनके दुर्दिन का मित्र बनकर, अपने करीब कभी आने नहीं दिया। उन्होंने तो अकेले

रहकर ही अपना दुःख सहना सीखा था। दुःख के समय अपने साथ खुद ही अकेले रहना सीखा था।

वाणी ने कहा, "इसीलिए...इसीलिए तुम इतना सख़्त-कठिन बन गयी हो, माँ! इतना सख़्त नहीं होना चाहिए!"

वाणी इस किस्म की ढेरों बातें किया करती थी!

—जो लोग इतने सख़्त होते हैं, अपने को कठिन सीमाओं में रखते हैं, वे लोग, भले माँ हों या पिता, पति हों या सन्तान— किसी के भी आगे अपने को उड़ेल नहीं पाते! चूँकि वे अपने को उड़ेल नहीं पाते, इसलिए प्यार भी नहीं कर पाते, प्यार-दुलार पाते भी नहीं!

कहते हैं, ऐसे लोग अभागे और स्वार्थी होते हैं।

ऐसी सब बातें वाणी कहती है। उनकी अपनी बेटी, वाणी! उसी बेटी के लिए बीवी दीदी, अपने बापी से भी कितनी ही बार लड़ी थी!

"स्नेह निम्नगामी होता है, बीवी!" सतु'दा ने गहरी आवाज़ में कहा था, बीवी दीदी को अचानक याद आ गया। अगर यह बात सच है, तो आज बापी के जन्मदिन पर, वाणी के बारे में सोचते-सोचते, बीवी दीदी को अपने मन में उमड़ते स्नेह की खबर क्यों नहीं हुई।

उन्हें अपने पर ही रुलाई आने लगी। वे प्यार करने में अक्षम हैं, नरम होने में अक्षम हैं। अपनी इस स्नेहहीनता से उन्हें कौन बचाएगा? तो क्या बीवी दीदी धीरे-धीरे, बचपन में मेदिनीपुर में देखे हुए उस उपासे पेड़ जैसी होती जा रही है?

उपासे पेड़ तले बैठने में भी इनसान दुःख पाता है। उपासा पेड़ जिस जगह जन्म लेता है, उसके आस-पास, चारों तरफ के पेड़-पौधे-घास सूख जाते हैं। इसीलिए बीवी दीदी के आस-पास के लोग, उनसे दूर चले गये।

शायद बीवी दीदी भी क्या किसी उपासे पेड़ की छाया तले बैठी थीं! उन्हें तो लगता है कि वे बस, ऐसे पेड़ के जरा करीब ही गयी थीं। मेदिनीपुर की वह भयंकर एक शाम! उस शाम, घर में मानो कोई भी नहीं था! कहीं, कोई बात नहीं कर रहा था। वह शाम बीबी दीदी की छाती पर धीरे-धीरे जमकर बैठ गयी थी!

उन दिनों तक बार्ज साहब का आगमन नहीं हुआ था। उस जगह का नाम बार्ज-टाउन भी नहीं पड़ा था। रेणु के घर से खेलकर वापस लौटते हुए, हज साहब की कोठी के पिछवाड़े, बीवी दीदी की नज़र उपासे पेड़ पर पड़ी।

लाल-लाल सख़्त मिट्टी पर खड़ा उपास पेड़! बीवी दीदी को लगा, उपास पेड़ हवा के झोंकों में अपनी डाल-पत्तियाँ बढ़ाकर, जैसे उन्हें कुछ देना चाहता हो।

बीवी दीदी डर गयीं। लेकिन उनके पाँव मानो वहाँ से हटने को राज़ी नहीं हुए। उधर घोर अँधेरा उतरता आ रहा था। शाम मानो उनकी छाती पर सवार होती जा रही थी। वह तो सतु'दा आ पहुँचो, वर्ना बीवी दीदी वहाँ से हिल भी नहीं पातीं। सतु'दा ही उन्हें वहाँ से हटा ले गये।

साथ चलते-चलते उन्होंने सवाल किया, "क्या देख रही थी?"

"उपास पेड़!"

"उपास पेड़? किसने बताया?"

"रेणु ने!"

"धत्त्!"

सतु'दा ने उस पेड़ का वैज्ञानिक नाम बताया। अगले ही पल उन्होंने यह भी समझाया कि इस किस्म के पेड़ों में, हवा के झोंकों के साथ, ज़हरीली गैस की मात्रा काफी बढ़ जाती है।

उन्होंने बीवी दीदी को चौंकाते हुए अचानक अगला जुमला जोड़ा, "आज मैं जा रहा हूँ, बीवी! अब तुमसे भेंट नहीं होगी।"

"कहाँ जा रहे हो?"

"कलकत्ता!"

उस समय सतु'दा खुद भी नहीं जानता था कि वह कहाँ और कितनी दूर जा रहा है।

आज बापी के अस्सीवें जन्मदिन पर बीवी दीदी ने अलमारी की दराज खोली। आज तबीयत ख़राब होने से नहीं चलेगा। इस वक्त उनके हाथों में ढेरों काम हैं। अभी टेलीफोन करना है और सच पूछें तो टेलीफोन करने में आज भी उन्हें थोड़ा-बहुत डर ही लगता है। नम्बरों के गोल-गोल छेद की चकत्ती घुमाते हुए, उनकी उँगली हमेशा सही जगह पर नहीं पड़ती। टेलीफोन, लिफ्ट, वजन नापने की मशीन—बीवी दीदी को अभी तक किसी का भी अभ्यास नहीं हो पाया। वाणी उन्हें कुछ करने भी नहीं देती थी, यह भी सच है।

दराज खोलकर वे जाने क्या तो खोज रही थीं कि अचानक उनकी निगाह सतु'दा की तस्वीर पर पड़ गयी। जाते समय वाणी ने दराज

खोला था और अपनी सारी चीज़ें निकालकर ले गयी थी। उसी समय क्या यह तस्वीर निकल आयी या वाणी जानबूझकर वह तस्वीर निकाल कर रख गयी?

ज़रूर वाणी ने ही जानबूझकर वह तस्वीर ऊपर रख दी थी। बीवी दीदी जानती थी, वाणी कभी जानबूझकर सतु'दा का नाम अपनी ज़ुबान पर नहीं लाती थी। यह तस्वीर किसकी है? सतु'दा तुम्हारे कौन होते हैं? ऐसे सवाल वह कभी नहीं पूछती थी। वाणी का ख़याल है, सतु'दा बीवी दीदी के जीवन में पहला मर्द है। मुमकिन है, उसके बप्पा का दिल टूट जाने के लिए भी वही जिम्मेदार है। बीवी दीदी ने सिर हिलाया। वाणी इतना गलत क्यों समझती है?

अब सतु'दा का चेहरा कुछ भी याद नहीं दिलाता। वह भीषण यन्त्रणा, दुःख, आवेग कुछ भी नहीं बचा। अगर कुछ बच भी रहा हो, वह उस एक दिन का प्यार, अब और किसी इनसान के प्रति नफरत के रूप में बच रहा है। काफी लम्बे अर्से तक प्यार नहीं किया जा सकता, क्योंकि प्यार मर जाता है। लेकिन विद्वेष और नफरत काफी-काफी वर्षों तक ज़िन्दा रहती है। पेट में ऐसिड बनता रहता था, इसलिए बीवी दीदी के पेट की अँतड़ी जल गयी थी। ऐसिड या क्षार जिस पात्र में मौजूद होता है, वह उसी पात्र को जला डालता है। बीवी दादी को भी विद्वेष ढेरों सालों तक जलाता रहा। बीवी दीदी ने धीरे-धीरे सिर ह्लिाया, चश्मे का काँच पोंछा। सतु'दा किसी ज़माने में उनसे चार-पाँच साल बड़ा था, लेकिन अब वह उनसे करीब तीस साल छोटा हो गया है। सतु'दा अब, इसी तरह छोटा ही बना रहेगा। उसकी उम्र अब किसी दिन भी नहीं बढ़ेगी।

अब वह वाणी से भी छोटा हो गया है। यह ख़याल आते ही बीवी दीदी को अचानक हँसी आने लगी। आजकल कभी-कभी उन्हें बेभाव हँसी आने लगती है। वह हँसी दबाये रखने में तकलीफ होती है, लेकिन हँसने में भी अन्दर ही अन्दर तकलीफ होती है। हाबुल तो कहता ही है कि उन्हें हँसते देखकर दूसरे लोगों को परेशानी होती है।

हाबुल कहता है, "तुम्हें हँसने में तकलीफ होती है, बिना हँसे भी तकलीफ होती है। दूसरों को देखकर तकलीफ होती है। इतनी तकलीफ की ज़रूरत क्या है, बीवी?"

इस वक्त छाती की बायीं तरफ दोबारा कोई दर्द कसक उठा। सुबह-सवेरे ही बीवी दीदी ने दर्द कम करने की टैबलेट ले ली। उसके

बाद, उन्होंने खुली दराजबन्द कर दी।

अब, बापी के पास जाना होगा!

दो

बिल्कुल अँधेरी सुरंग की तरह, एक लम्बे, ढँके बरामदे से होकर, मकान के पश्चिमी हिस्से तक पहुँचना पड़ता था। अँधेरा पैसेज! उसके बाद सीढ़ी के तीन पायदान उतरकर, बायीं तरफ घूमते ही, बीवी दीदी के बापी का कमरा! उस कमरे में कदम रखने से पहले ही एक तरफ बाघ के झूलते हुए सिर और दूसरी तरफ रीछ के सिर पर नज़र पड़ती है। दरवाज़े के ऊपर एक विशाल धनुष, काठ के ब्राकेट पर रखा हुआ! यह धनुष बापी ही लाये थे।

रात के वक़्त, दरवाज़े पर तेज़ रोशनीवाला एक बल्ब जलता रहता था। बाघ के चेहरे पर जड़ी काँच की आँखों पर पतिंगे पंख फड़फड़ाते हुए आ बैठते हैं! वाणी इसे फालतू का लोकदिखावा मानती है। वैसे अब बीवी दीदी के बापी का यह लोकदिखावा देखकर घरवालों को हँसी नहीं आती।

जाने कहाँ, किसने बाघ का शिकार किया था—इस एक सवाल के जवाब में ही बापी अपनी नाटकीय आवाज़ में शुरू हो जाते थे, "सन् सैंतीस की घटना है..."

पहले घरवाले खूब हँसते थे, बाहरवाले भी हँस देते थे। लेकिन अब घरवाले नहीं हँसते क्योंकि अब बापी की उम्र अस्सी वर्ष हो चुकी है। किसी एक ही बन्दे की एक ही घटना सुनकर, दीर्घ तीस वर्षों से हँसते रहना, बड़ी मेहनत का मामला है। वैसे बीवी दीदी को अभी भी हँसी आती है। लेकिन उनकी हँसी देखकर लोग परेशान हो जाते हैं! कैसी अजीब विडम्बना है!

बापी का यह कमरा, बाघ-भालू का सिर और बूढ़न सन्थाल का तीर-धनुष देखकर, काफी वर्षों पहले ही सरमा ने कहा था, "उपशय!"

"उपशय?"

"गुप्त घाटी! शिकार से पहले शिकारी जहाँ छिपकर इन्तज़ार करते हैं।"

"हाय माँ!" हाबुल ने धीरे से कहा।

"हाँ, वे भी इन्तज़ार कर रहे हैं। तुम्हारा क्या ख़याल है, बीवी?"

सरमा क्या सोचकर, क्या कह जाती है, इसका हर किसी के लिए अन्दाज़ा लगाना मुश्किल है!

लेकिन उसी दिन से, बीवी दीदी को अक्सर यह शब्द याद आ जाता है! उपशय! बहुत वर्षों से परित्यक्त, एक जली हुई शिकार-घाटी और बापी एक बूढ़े शिकारी! गैरकानूनी तौर पर शिकार करते-करते जिन्होंने जंगल के सारे जन्तु ख़त्म कर डाले। अपराध के फलस्वरूप जिसकी बन्दूक, दारोगा छीन ले गया।

सबसे ज़्यादा अचरज की बात यह थी कि सच कहो, तो बापी का कमरा, वाणी के कमरे की बगल में ही था। लेकिन, बीच का दरवाज़ा खोलकर आने-जाने की राह को काँटा-तार जड़कर, उस पर प्रेक ठोंककर बन्द कर दिया गया था। इसीलिए बापी के पास आने के लिए, यह सुरंग पार करके, तीन पायदान नीचे उतरकर आना पड़ता है। आजकल बापी नख-दंतहीन हो चुके हैं। उन लोगों की अखिल भारतीय क्रान्ति की प्राचीन परिकल्पना की ज़रूरत, बीस वर्ष पहले ही ख़त्म हो गयी। अस्तु अन्य कोई शत्रु-घाटी दखल करने और उसकी सुरक्षा की ज़रूरत, हालाँकि अब भी बच रही है, फिर भी बापी भयंकर सतर्कता के साथ अब भी एक दुर्ग में अपनी प्राइवेसी और अपने एकान्त जगत की निगरानी कर रहे हैं। इस दुर्ग के द्वार पर बाहरी लोगों के लिए 'सुस्वागतम्' लिखा हुआ, एक पाँवपोश बिछा हुआ है, लेकिन घरवालों के लिए अतिशय सख़्ती है।

"गन्ध आती है! उनके कमरे में बदबू ही बदबू है–" वाणी अक्सर कहती थी, "यह बीच का दरवाज़ा तोड़ दो। उन्हें बाहर की धूप में खींच लाओ, माँ! सच तो यह है कि वे मर चुके हैं, लेकिन तुम अभी भी यह ख़बर देने से डरती हो। या तुम्हें भी यही अच्छा लगता है?"

क्या अच्छा लगता है? वाणी क्या कहना चाहती है? पिछले अस्सी वर्षों से बापी ने खुद ही अपना एक चेहरा तैयार कर लिया है। लोगों को दिखाने लायक चेहरा!

"तोड़ ही डालो–" हाबुल भी कहता है।

लेकिन कैसे? जो लोग यह सलाह देते हैं, वे लोग क्या जानते हैं कि बीवी दीदी का हार्ट डायलेटेड है? पेट में अल्सर है? रात-रात भर नींद नहीं आती? इसके अलावा, तन से ज़्यादा अब मन टूट चुका है,

बिल्कुल झुर-झुर हो चुका है? अकेले उनके लिए यह काम असम्भव है। बीवी दीदी ने सिर हिलाया।

दरवाज़े के सामने पहुँचते ही, पीतल के फूलदान में खून जैसा टुक-टुक लाल बूगनबेलिया पर नज़र पड़ी। पीले पर्दे की पृष्ठभूमि में लाल बूगनबेलिया दमक रहा था। फूलों का गुच्छा देखते ही वे समझ गयीं कि यह निरापद का काम है।

उनका मन बेतरह उदास हो आया। वे ज़रा झुक आयीं। पिछले चार वर्षों से वाणी धीरे-धीरे उस पेड़ को बड़ा कर रही थी। उस पेड़ में, तीन-चार बार, तीन-चार तरह की मिट्टी डाली गयी। इसी वर्ष उस पेड़ में पहली बार फूल खिले हैं।

वही बूगनबेलिया क्यों सजाया गया? बापी के जन्मदिन पर फूल चाहिए था, तो निरापद दो-चार कदम चलकर, लेक बाज़ार से क्यों नहीं ले आया। वहाँ तो फुटपाथ पर ही सुबह-शाम लाल-काले गुलाब, मुरझाये हुए शिशु-चेहरे की तरह, ऊपर-ऊपर से मुरझायी पाँखुरीवाले सूर्ख-सफेद कमल, हर सभा-महफिल में सजावट के लिए रजनीगन्धा के फूल, जितना चाहो, मिल जाते हैं। बापी का जन्मदिन आज निरापद के लिए इतना बड़ा क्यों हो गया? इस बार बीवी दीदी फूल नहीं लायीं, इसलिए निरापद बाणी के पेड़ से फूल लाया? अगर निरापद उनके दल में नहीं है, तो बीवी दीदी अकेली ही कैसे दरवाज़ा खोलकर बापी को दक्षिणी बरामदे में ले आएँगी?

बूगनबेलिया की पाँखुरिया अभी से ही झरने लगी हैं।

“यह फूल ज़्यादा देर नहीं टिकता, निरापद!” बीवी दीदी मीठी-सी डाँट पिलायी।

वे बापी के कमरे में दाखिल हो गयीं।

कमरे में गन्ध ही गन्ध! उम्र की गन्ध! रोग की गन्ध! पुराने घी और हँफनी के इनहेलर की गन्ध! इस कमरे के हवा-वाताश से ये गन्ध कभी निकलती ही नहीं! तभी ‘ब्रोविल’ की गन्ध को दबाती हुई धूप की गन्ध, उनकी नाक तक आ पहुँची। निरापद ही कमरे में धूप जला गया है।

उम्र की तुलना में बापी की आँखें अभी भी बेहद सजीव और चंचल हैं। श्वेत-शुभ्र बाल! झुर्रियाँ भरा माथा! मगर भौंहें अभी भी काली, घने बालों की वजह से मोटी-मोटी। उनका समूचा शरीर रेशमी दुपट्टे से

ढँका हुआ। नायाब, कीमती दुपट्टे के अलावा, अब उनकी देह को और कुछ भी बर्दाश्त नहीं होता। बीवी दीदी कुर्सी खींचकर बैठ गयीं। पिता के बेहद करीब बैठना, अब उन्हें बिल्कुल नहीं सुहाता, शायद अर्से से आदत छूट गयी है, इसलिए!

बगल की मेज़ पर चिट्ठी-पत्री, अख़बार फैले हुए!

बीवी'दी भाँप गयीं, बापी अपना गुस्सा संयत करने की कोशिश कर रहे हैं, इसीलिए बात छेड़ने में वक्त ले रहे हैं।

हरिकेश चौधरी गहरे असन्तोष की मुद्रा में कुछ देर अपनी बेटी को घूरते रहे।

"आज का अख़बार देखा?"

"देख लिया–" बीवी'दी ने शान्त लहजे में कहा!

"देख लिया?"

"इस घर में दो-दो अख़बार आते हैं।" बीवी दीदी के अंग-अंग में, किसी मोटी कम्बल जैसा क्रोध प्रखर हो उठा! मुँह के अन्दर भी मानो कम्बल की मोटी-मोटी रोमावली भर गयी! गला सूख आया। लेकिन उन्हें अपनी उम्र बाकायदा कम जान पड़ी। झगड़ा छिड़ने से पहले और बाद में बीवी'दी को बुरा लगता था, लेकिन झगड़े के वक्त उनकी छाती में काफी साहस भर जाता था!

"आखिर मामला क्या है?"

"कैसा मामला?"

"कल शाम का ज़िक्र अख़बारों में क्यों नहीं है! कमबख़्त हाबुल कहाँ है! निकम्मा कहीं का!"

हाँ, बापी का जन्मदिन दो अक्तूबर को ज़रूर है, लेकिन आज गाँधी जी का भी जन्मदिन है। पहले जब गाँधी जी के जन्मदिन के उपलक्ष्य में छुट्टी घोषित नहीं होती थी, तब बापी का जन्मदिन दो अक्टूबर को ही मनाया जाता था। लेकिन अब कई वर्षों से बापी तीन अक्तूबर को फूलों की माला वगैरह पहनते हैं।

"हाबुल को मैंने ही मना कर दिया था।"

"मना कर दिया था?" बापी का चेहरा लाल हो उठा।

गनीमत है कि उन्हें उच्च-रक्तचाप वगैरह रोग नहीं था, वर्ना अभी ही उनकी नसें फट जातीं। वैसे यह भी सम्भव है कि नसें नहीं भी फटतीं। बापी का तन-बदन बेहद मांसल है और मजबूत माल-मसाले से

गढ़ा हुआ है। इसके अलावा, पिछले बीस वर्षों से उनकी देह को बड़े लाड़-प्यार से सहेजा गया है।

"क्यों मना किया, क्या मैं जान सकता हूँ?"

बापी की आवाज़ दुबारा खाई में उतर गयी। लेकिन उस शान्त और संयत आवाज़ से बीवी दीदी बख़ूबी परिचित थीं।

"मैं तुमसे पूछती हूँ, बापी..." बीवी दीदी की आवाज़ ईषत् काँप गयी।

इतने सालों बाद, आज पहली बार आमने-सामने बैठकर, खुल्लम खुल्ला बातें हो रही थीं! इस तरह आमने-सामने इनसान आखिर कितनी बार ज़ुबान खोल सकता है! बूढ़न को उस बाघ ने मार डाला था। लेकिन ज़िन्दगी भर सूअर, चीता का शिकार करने के बावजूद असली बाघ से तो उस बूढ़न का आमना-सामना एक ही बार हुआ था। बीवी'दी ने देखा, बापी की आँखें दप्‌दप् कर रही थीं।

इस परिवार का स्नेह-प्यार निम्नगामी नहीं था। बापी उन्हें प्यार नहीं दे पाये। वे भी वाणी को शायद प्यार नहीं दे पायीं। लेकिन, वाणी के लिए नहीं, आज अपने लिए ही बीवी'दी को बात करनी होगी।

"मैं तुमसे पूछती हूँ, बापी, आज इतने दिनों बाद, इस बार का जन्मदिन, तुम इतनी कम-सी नोटिस पर, इतने बड़े पैमाने पर क्यों मनाना चाहते थे?"

"मनाना चाहता था... मतलब?"

"मतलब तुम समझ रहे हो, बापी!"

"नहीं, मेरी समझ में नहीं आया–"

"हाबुल ने मुझे सारी बात बता दी है–"

"क्या बताया है?"

"बताऊँगी, सब बताऊँगी।"

"मैं खुद अपना जन्मदिन मनाना चाहता हूँ, ऐसा कहा–हाबुल ने?"

"नहीं! हाबुल से तुम्हारी क्या बातचीत होती थी, पिछले तीन महीनों से हाबुल इतना व्यस्त क्यों था, मुझे इसकी जानकारी नहीं थी।"

"मैंने अपनी आत्मकथा नहीं लिखी। हाबुल का ख़याल है कि देश मेरे बारे में जितना जानता है, उसे और अधिक जानकारी होनी चाहिए।"

"तुम्हारे बारे में नया कुछ जानने या जानकारी देने को ऐसा क्या है, बापी, मैं नहीं जानती।"

बीवी दीदी का मन हुआ कि वह सुना दे कि "काफी लम्बे अर्से

तक तुम लोगों की नज़रों के सामने थे। तुम्हारा हर काम, हर चिन्तन, हर व्यवहार, लोगों को दिखाया जाता था। अब काफी वर्षों से तुम किसी के सामने नहीं हो, क्योंकि अब तुम 'क्लोज्ड चैप्टर' बन्द अध्याय हो। बेहद शान्त मन से अगर तुम यह सच्चाई कबूल कर लो, तो मुमकिन है, तुम्हें तकलीफ ज़रूर होगी, लेकिन फिर भी...अगर तुम यह मान लो, तो इसमें सबका भला होगा।"

सबका भला? वाणी...वनवाणी का भला! कभी न कभी अवसर लेना ही पड़ता है, दूसरों के लिए जगह छोड़ देनी पड़ती है!

"तुम नहीं जानतीं! देखो, बीवी, यह तुम्हारा व्यक्तिगत मामला नहीं है। तुम इस बारे में माथापच्ची मत करो।"

"मेरे हर व्यक्तिगत मामले में तुमने इतना अधिक सिर खपाया है, बापी, इतना ज़्यादा चिन्ता-फिक्र की है कि आज मुझे भी तुम्हारे मामले में सिर खपाना पड़ रहा है—"

"तुम्हारे व्यक्तिगत मामले में?" हरिकेश चौधरी की नाक की पोपटें फूल उठीं, चेहरे की हड्डियाँ सख़्त हो आयीं।

"तुम भूल सकते हो, बापी लेकिन मैं नहीं भूली—" बीवी दीदी की आवाज़ में मानो वर्षों से जमी हुई रुलाई हाहाकार कर उठी। हाँ, बीवी'दी कुछ नहीं भूलीं! सतु'दा को बिल्कुल नहीं भूलीं।

सतु'दा ने कहा था—"बीवी, एक बार तुम "हाँ" कहो। मुझमें-तुममें खून का रिश्ता नहीं है! तुम "हाँ" कर दो, बीवी! मैं तुम्हें लेकर कहीं दूर चला जाऊँगा।"

उसके बाद ही दुःस्वप्न की वह रात! भयंकर रात!

किसी एक रात की घटना ने हरिकेश को 'देशगौरव' की ख्याति दी थी। रातोंरात उनका नाम जंगल की आग की तरह फैल गया था।

ऐसी ही एक रात! दुःस्वप्न की रात! उस रात के बाद, जब सुबह हुई, तब भी सतु'दा राँची के बँगले में छत पर मौजूद थे।

गर्मी का मौसम! छत पर ही सोने का रिवाज़ था! सभी लोग छत पर ही सोते थे। लेकिन, सतु'दा सो नहीं रहे थे। इस तरह अस्वाभाविक मुद्रा में गर्दन टेढ़ी करके, कोई नहीं सोता, यह बात भी काफी देर तक पकड़ में नहीं आयी।

अप्रैल का महीना! बूगनबेलिया का महीना! भोर के वाताश में बूगनबेलिया की पंखुरियाँ समूची छत पर बिखरी हुई थीं।

क्या इसीलिए बीवी'दी से लाल-सुर्ख बूगनबेलिया इतने शान्त भाव से देखा नहीं जाता। बूगनबेलिया पर नज़र पड़ते ही, सूखे पत्तों की सरसराहट की तरह, उनकी छाती के अन्दर उनकी साँसें सरसराकर झरने लगती हैं। उनके एक दिन का जीवन, सिर्फ एक दिन का प्यार, एक दिन का दुःख और जाने कैसा तो दर्द एकदम से लहर उठता है! खैर, अब इस दर्द में पहले जैसा तीखापन नहीं रह गया है। बीवी'दी चाहकर भी अब उम्र में वापस नहीं लौट सकतीं!

लेकिन फिर भी, दर्द तो मौजूद है, वर्ना आज भी रातों में रह-रहकर नींद क्यों टूट जाती है?

"तुम क्या नहीं भूलीं, बीवी? तुम क्या कहना चाहती हो?" बापी की आवाज़ क्षुब्ध और दबी-दबी थी।

"मैं कुछ भी नहीं भूली!"

"कृतघ्न लड़की!"

हरिकेश लगभग चीख उठे, "इनसान को अपनी सन्तान से मदद मिलती है, सान्त्वना मिलती है, लेकिन तुम...तुम मेरे जीवन में अभिशाप हो। तुम्हारी माँ, तुम्हें ऐसा ही तैयार करके यहाँ छोड़ गयीं—"

"सिर्फ सन्तान को ही देना नहीं पड़ता, बापी, माँ-बाप को भी प्यार देना पड़ता है।"

"प्यार दिया गया...ढेर-ढेर दिया गया! उन दिनों मेरी ज़िन्दगी में उतना वक्त नहीं था कि तुम लोगों को...हैरत है!"

बापी भीषण आहत हो उठे। बेटी के लिए उन्होंने क्या-क्या किया, यह याद करते हुए, अचानक उन्हें एक छोटी-सी साड़ी की याद हो आयी। नीले रंग की बनारसी साड़ी! वह साड़ी वे बनारस से लाये थे। लेकिन उन्होंने बीवी को नहीं, शायद सरमा या चमेली को थमा दी थी। बीवी को उन्होंने ज़रूर बहुत कुछ दिया था, लेकिन फिलहाल गुस्से की मनःस्थिति में उन्हें कुछ भी याद नहीं आया! हैरत है। इस लड़की के स्वभाव में कहाँ तो एक टेढ़ापन है, कुटिल विकृति है, उसे किसी हाल भी सुधार नहीं सका।

"वे सब बातें रहने दो!" बीवी दीदी भी आहत हो उठीं।

"रहने क्यों दो? बात क्या है? हाबुल ने कहा, बहुतेरे लोगों का भी आग्रह था, कि इस जन्मदिन पर कोई खासियत होनी चाहिए—"

"और तुम भाषणबाज़ी करोगे कि किस वजह से तुम 'देशगौरव' बने। यही न?"

"ओ, येस!"

हरिकेश हँस पड़े। इतने-इतने लोगों के नाम रास्ता-घाट बन गये; किताब प्रकाशित हुए। इतने दिनों बाद, अगर उनके नाम पर कोई कुछ करना चाहे, उसमें वे क्यों बाधा देने लगे।

"तुम बेगमपुर की घटना बताना चाहते हो?"

"हाँ!"

"इतने दिनों तक क्यों नहीं बतायी?"

"अब, मेरी उम्र हुई! किसी भी दिन मेरी मौत हो सकती है।"

"यह वजह नहीं है—"

"क्योंकि हर घटना के ढेरों पक्ष होते हैं। हर इनसान उस घटना को अपनी-अपनी नज़र से देखता है। सन् उन्नीस सौ बत्तीस में बेगमपुर में जो घटना हुई थी। उसके भी तीन...तीन क्यों चार-चार तरह के विवरण मिलते हैं! सतीनाथ सेन दल-त्यागी था। वह मर भी गया। अस्तु उसे क्या जानकारी थी, अब पता करना असम्भव है।"

सतु'दा जानता था! सात्यकी! लेकिन सतु'दा ने आत्महत्या कर ली, इसलिए उसका विवरण भी कहीं दर्ज नहीं है!

लेकिन सतीनाथ की बीवी, मनोरमा ज़िन्दा थी। अभी कुछ दिनों पहले तक वह ज़िन्दा थी! हरिकेश भी अभी ज़िन्दा है!

"फिर कौन-सी वजह है?"

"मनोरमा सेन का निधन हो गया, क्या इसीलिए इतने अर्से बाद तुम ज़ुबान खोलना चाहते थे?"

"बीवी, चुप करो!"

"नहीं, बापी मैं चुप नहीं रहूँगी। हाबुल क्यों खिसक गया, यह जानने की तो तुमने कोशिश नहीं की, बापी!"

"ठीक है, मैं उसे फोन करूँगा।"

"मनोरमा सेन भी खामोश ही थी। लेकिन उनका भी एक बयान था बापी, बेगमपुर के बारे में!"

"मनोरमा! मनोरमा ने वादा किया था..."

"अपनी बात वे लिखकर गयी हैं, बापी। लिखकर हाबुल को सौंप गयी हैं।"

"समझ गया!"

यानी अब वे हाबुल को फोन करेंगे। हाबुल उनकी बात सुनेगा, उनका

ही विश्वास करेगा। किसी दिन उन्होंने क्या किया था, नहीं किया था, इस वजह से हाबुल उनकी भक्ति नहीं करता, हरिकेश यह बात जानते थे। हाबुल को उन्होंने अपने चरित्र के दो ही पक्ष देखने दिये थे। एक थी उनकी इतने दिनों तक खामोशी! उनका संयम। अपने को भुनाकर, नाम न खरीदने का संयम!

दूसरा पक्ष है, उनके अजीबोगरीब, अति विचित्र जीवन के विविध तजुर्बे! वे शिकार करते थे, आदिवासियों के गाँव में जाकर रहे, जंगल की ठेकेदारी की। हाबुल को भी लगा कि हरिकेश मरे नहीं हैं। वे जीवन्त हैं! ग़ज़ब के ज़िन्दादिल हैं!

हाबुल उनकी बातों पर विश्वस करेगा। वैसे हाबुल की तरफ से हरिकेश को वह स्तुति नहीं मिल सकती, जो उन्हें कभी सात्यकी अर्पित करता था। हाबुल ही क्यों, आजकल का कोई भी लड़का आँख-कान बन्द करके, किसी के प्रति विशुद्ध भक्ति अर्पित नहीं करता। कम उम्र नौजवानों की स्तुति-भक्ति, उनके प्रति मोह, इसकी उन्हें चिर दिन ही ज़रूरत पड़ती थी। यह नशा शराब के नशे से भी ज़्यादा तीखा था, उनके खून में गर्मी भर देता, उन्हें ज़िन्दा रखता था। उन्हें हाबुल की ज़रूरत है! कभी उन्हें सात्यकी की भी ज़रूरत थी। सतीनाथ! सतीनाथ भी उन पर भरोसा करता था।

"मैं करूँगा, हाबुल को फोन करूँगा।"

"न-हीं!"

बीवी'दी उठ खड़ी हुई! उन्हें बेहद तकलीफ हो रही थी! उनकी छाती में जैसे टीस जाग उठी था। इस वक्त अगर वे पैथेड्रिन का इंजेक्शन लेकर सो जातीं, तो ठीक हो जाती। लेकिन अभी सोने की फुर्सत नहीं है। इसके अलावा, पैथेड्रिन उनके दर्द का इलाज नहीं है।

"बहुत सारे दिन लोगों की नज़रों के सामने रहकर ही तुमने ढेरों फूल-मालाएँ पहनी हैं।"

"हाँ, फूलों की माला पहनते हुए कितनी परेशानी होती है और अगर कहीं वह तार में गुँथा हो, तो गर्दन की खाल में जलन होने लगती है।"

"अब और क्यों, बापी? इस बार के जन्मदिन पर तुम जो-जो बातें जानना चाहते हो, कभी, काफी हद तक लोग-बाग उस पर विश्वास भी करते थे और फिर भूल भी गये। पता नहीं तुम जानते हो या नहीं, लेकिन, मैं जानती हूँ कि वे सभी कहानियाँ सच नहीं हैं।"

"बी-वी!"

"झूठ! झूठ! सब झूठ है, बापी! यहाँ तक कि बाघ की वह खाल भी झूठ है! बूढ़न ने तुम्हारी ही वजह से अपनी जान गँवाई थी। इनसान के तौर पर अधूरे रह जाने के बावजूद, तुम असाधारण इनसान के रूप में अपना नाम दर्ज करा जाना चाहते थे, बापी, इसीलिए इस बार मैंने तुम्हारे जन्मदिन का समारोह रोक दिया। अब, इसके बाद भी अगर तुम किसी को बुलाते हो, तो मैं उन लोगों के सामने सारी बात उगल दूँगी।"

"बीवी, तू पागल हो गयी है।" हरिकेश दुःखी हो आये।

बीवी उनके जीवन में एक शर्मनाक पराजय है। उसकी सूरत-शक्ल साधारण में भी अति साधारण है! उम्र से पहले ही बुढ़ा गयी हैं! रोगी और बीमार! लेकिन, दिमाग़ अगर बिल्कुल ही ख़राब न हो, तो भला कोई इस कदर उन्माद में पागल होता है? उनके शरीर और दिमाग़ में तो इतनी प्रबलता थी कि उन्हें बहुतेरी सन्तानों की चाह थी, खासकर वे बेटा चाहती थीं। लेकिन किस्मत में सिर्फ यह एक बेटी लिखी थी। यह भगवान का या भाग्य का मज़ाक़ ही तो था।

"हाबुल नहीं आएगा।"

"तू वाणी और हाबुल की दास्तान छोड़कर, मुझ पर..."

"सतु'दा को तो तुम भूल ही गये, बापी!"

बीवी'दी उठ खड़ी हुईं। छाती के बायें हिस्से में कैसी तो दर्द भरी चिनचिनाहट! बर्बादी! कैसी भयंकर और विशाल बर्बादी! पैंतीस वर्षों से सतु'दा राँची के उस मकान की छोटी-सी छत पर सोया हुआ है। बापी उसे भूल गये, लेकिन बीवी'दी नहीं भूलीं! इसे प्यार नहीं कहते! प्यार से भी विराट, प्रेम से भी ज़्यादा अन्धा, एक प्रबल-प्रचण्ड तजुर्बा था वह, जिसने एक ही दिन में बीवी'दी को बड़ा कर दिया, बूढ़ी भी कर दिया और दिल भी तोड़ दिया था।

अपनी छाती पर बायाँ हाथ रखे-रखे, बीवी दीदी लगभग लड़खड़ाते हुए बापी के कमरे से बाहर निकल गयीं। बापी के कमरे से, अपने कमरे तक जाने के लिए उन्हें बार-बार यह अँधेरी सुरंग पार करनी पड़ती थी। दोनों तरफ की दीवार थामे, डगमग चाल में आगे बढ़ना होता था। छाती में अगर ऐसा दर्द हो, तब उन्हें लगता है कि अब और आगे नहीं बढ़ा जाएगा, अपने या वाणी के कमरे तक नहीं पहुँच पाएँगी। हाबुल को सतर्क करना होगा। जो लोग बापी के बारे में यूँ उत्साहित हो उठते हैं,

वे लोग जाने क्यों तो अन्त में ज़िन्दा नहीं रहते। बापी किसी न किसी प्रकार उन्हें नष्ट कर देते हैं।

हरिकेश ने निरापद को आवाज़ दी। उसे हाबुल का फोन नम्बर थमाते हुए हिदायत दी, "आधे घण्टे बाद फोन करना और कहना कि मैंने बुलाया है।"

सुनीति को अब चलता कर देना होगा। लेकिन मनोरमा, हाबुल से क्या कह गयी है? उफ! किस कदर बेचैनी है! भयंकर बेचैनी! इनसान को देखकर अन्त तक पहचान पाना मुश्किल होता है, वर्ना पैंतीस वर्ष तक खामोश रहने के बाद मनोरमा ने ज़ुबान खोली और वह भी हाबुल के सामने? हरिकेश बार-बार 'ब्रोबिल' का दम लेने लगे। साँस की इस तकलीफ के अलावा हरिकेश किसी अवशता से बूढ़े नहीं हुए थे।

अचानक हरिकेश को ख़याल आया कि निरापद से सुनीति की बेटी के बारे में तो पूछा ही नहीं। चौड़ी-चौड़ी हड्डियोंवाली, सख़्त-पुख़्ता, बेतरह ज़िद्दी और अक्खड़ लड़की! जस्ट लाइक सुनीति। उनकी बेटी ने इसी एक लड़की को जन्म दिया, जिसकी तरफ हरिकेश का देखने तक का मन नहीं होता। एकमात्र उसी के माध्यम से उनका नाम बचा रहेगा, इस ख़याल तक से उन्हें अतिशय तकलीफ होती है। वे भी वाणी को फूटी आँखों नहीं सुहाते, यह हक़ीक़त भी वे बखूबी जानते थे। वाणी के प्रति उन्हें बूँद भर भी स्नेह-प्रीति नहीं थी। वाणी से नज़रें मिलाते हुए उन्हें सर्वाधिक झिझक होती है। उसकी आँखें हुबहू अपने पिता की आँखों जैसी हैं। काश, वाणी के बजाय हाबुल उनका नाती होता। सुनीति के बजाय सरमा उनकी बेटी होती। राजनीति या साहित्य या अन्य किसी भी कैरियर के लिए, एक अदद स्नेहपरायण, सुन्दर सन्तान होना ज़रूरी होता है। अच्छे-भले पति या प्रेमी को अपनी सूरत के जरिये, इस देश के इनसानों को ज़्यादा दिनों तक आकर्षित नहीं किया जा सकता। उनके जैसे पब्लिक कैरियरवाले इनसान के लिए, बुढ़ापे की उम्र में एक अदद निर्भरयोग्य सन्तान हो तो बेहतर है।

बहुतेरे लोगों को ऐसी सन्तान प्राप्त होती है। बेटा न भी हो, तो कोई हर्ज नहीं। बेटियाँ तक व्यक्तिगत जीवन, पति-सन्तान-गृहस्थी—सब कुछ फेंकफाँककर अपने विख्यात और व्यस्त पिता का दाहिना हाथ बनकर घूमती-फिरती हैं। हरिकेश की किस्मत में यह सुख नहीं था। वे अच्छे पिता भला कैसे हो सकते थे, अगर उन्हें बीवी जैसी सन्तान मिली हो?

निजी राय! हर विषय में असम्भव रूप से अपनी निजी राय जाहिर करती थी! बिल्कुल छुटपन से! उसके बचपन के दिनों में वे व्यस्त रहा करते थे। लेकिन सुनीति की माँ का क्या यह फर्ज नहीं था कि वह अपनी बेटी को अपने पिता की श्रद्धा-भक्ति करना सिखाती? खासकर तब, जब पिता हरिकेश जैसा हो।

बीवी ने इस बात पर कभी सोच-विचार नहीं किया कि जिस देश में लोग ज़्यादा दिनों तक किसी को भी अपना श्रद्धा अर्पित नहीं करते, जहाँ महापुरुषों के नाम आज भी कलंकित कहानियाँ प्रचलित करते हैं, उसी बांग्लादेश में इतने सालों से आज भी उनके नाम किसी कलंकित कथा का प्रचार नहीं किया, उनकी कोई गुप्त करतूत, कोई हथकण्डा प्रचारित नहीं किया। यह कितनी बड़ी बात है!

अभी-अभी बीवी सुना गयी कि सतीनाथ की हत्या के मामले में मनोरमा का भी अपना एक बयान मौजूद है!

अतिरिक्त बयान ज़रूर होगा! यह क्या हरिकेश नहीं जानते? आजकल क्रान्ति, सन्त्रासवाद, सशस्त्र और अहिंस अभ्युत्थान के नाम से इनसान पसीने-पसीने नहीं होता। आज का इनसान न तो किसी तरह ज़िन्दा रहने की कोशिश में, पगलाये कुत्ते की तरह विवश और उन्मादग्रस्त हो उठा है, लेकिन कभी तो दिन-काल और तरह का था।

जिन ज़माने में सन्त्रासवादी होना, राजनीति करना गर्व की बात हुआ करती थी, उन दिनों भी ट्रेन पर एक बम गिरता, अगर कोई अंग्रेज साहब या पुलिस का आदमी मरता, तो आपस में ही इसके कई-कई बयान प्रचलित हो जाते थे। इसीलिए तो फूलबाड़ी त्रासदी लूट के मामले से जुड़े, ग्यारह लोगों में से आठ लोग आज भी ज़िन्दा हैं। और उनमें से तीन लोगों ने तीन किस्म की कथा बयान करते हुए, किताबें प्रकाशित कीं। मुमकिन है, उनमें से किसी ने भी झूठा बयान न दिया हो। असल में सच्ची चीज़ पारे की तरह अस्थिर और चंचल होती है। उसका कोई स्थिर और स्थायी चेहरा नहीं होता।

हरिकेश जानते हैं, सबकुछ जानते हैं। लम्बे अर्से से वे खामोश रहे, चुपचाप ही रहे। लोगों की नज़रों में इन दिनों हरिकेश चौधरी का नया कोई परिचय नहीं है। हाबुल से उन्होंने कहाँ कोई बात छिपायी!

अभी कई दिनों पहले ही उससे उनकी बात हुई थी। उस वक्त सुनीति भी सामने ही बैठी थी। सख़्त चेहरा लिए, चार-चार सिलाइयों के सहारे,

वह अजीबोगरीब डिज़ाइन बुन रही थी। वह शायद मोजा बुन रही थी। सुनीति को ऐसी गम्भीर मुद्रा में ऊन-सिलाई में ध्यानस्थ देखकर, हरिकेश को दुःख होता था। पचास-इक्यावन भला कोई उम्र होती है? एक अदद लड़की, जो अब बड़ी हो चुकी है, काम करके लोगों को खिला-पिला रही है। —तू फुर्ती से बाघ की तरह उछलनी कूदती क्यों नहीं घूमती फिरती? ऊन-काँटे या कुरूश-धागे से फन्दा बुनते रहना! उफ! बुढ़ापा कितना जघन्य होता है।

पचास-इक्यावन तो नये सिरे से जीने की उम्र होती है। इस उम्र तक बच्चे बड़े हो जाते हैं, गृहस्थी का चेहरा भी कमोबेश व्यवस्थित कर लिया जाता है, इसलिए इस उम्र में नये उद्यम के साथ यौवन के दूसरे दौर में दाखिल हुआ जा सकता है।

वैसे हरिकेश ने हाबुल से अपने इस ख़याल का जिक्र नहीं किया था। उस दिन इसी कमरे में बैठे-बैठे बातचीत हो रही थी।

बातें करते हुए हरिकेश गोल-गाल, मीठे, सुनहरे रस से भरपूर सन्तरे का एक-एक कोवा अपने मुँह में डालते जा रहे थे। उन्हें देखकर यह साफ़ अन्दाज़ा लगाया जा सकता था कि वे ही इस घर के तरुणतम सदस्य हैं। खासकर हाबुल उनकी इस मुद्रा पर मुग्ध हो आया। आँखों से इस तरह मज़ा ले-लेकर सन्तरा खाते हुए, उसने पहले किसी को नहीं देखा था।

"मैं कोई अहम हस्ती नहीं हूँ। कुछ भी नहीं हूँ, हाबुल! स्वाभाविक है कि लोग मुझे भूल चुके हैं! देखो न, मैं ही अपने को भूल चुका हूँ।" हरिकेश बच्चों की तरह रो पड़े।

सच ही, मैं इस बुड्ढे के प्रेम में पड़ता जा रहा हूँ—हाबुल ने सोचा।

"जी, मुझे तो ताज्जुब होता है कि..." हाबुल ने ईषत् सकुचाकर कहा।

"किस बात पर ताज्जुब होता है?"

"आप अब भी इतने जवान कैसे हैं?"

हरिकेश के चेहरे पर बच्चों जैसी सरल हँसी झलक उठी।

थोड़ा ठहरकर उन्होंने कहा, "पता है, हाबुल, इस देश के लोग नौकरी तक में एक्सटेंशन चाहते हैं और अन्य इनसानों से खातिर-तवाजो, सम्मान में भी एक्सटेंशन चाहते हैं। मैंने कब, क्या लिखा, क्या किया, कब अंग्रेज साहबों को खदेड़ा, इस वजह से लोग-बाग क्या अभी भी मेरे प्रति सम्मान जाहिर करेंगे?"

सुनीति निर्वाक्! मानो गहरा हरा और बिल्ली की पूँछ जैसा भूरा रंग

मिलाकर, बेटा के लिए मोजा बुनने के अलावा, उसे और कोई काम न हो। उसकी बेटी भी ऐसी! जरा-सी ठण्ड लगी नहीं कि छींकना-खाँसना शुरू! पैरों में गर्म मोजे चढ़ाये बिना, कहते हैं वह सोती ही नहीं! निरापद के जरिये उन्हें सारी खबर मिलती रहती थी।

हाबुल कभी-कभी अतिशय अबोध-मासूम भलामानस बन जाता है। दिमाग़ी बातें आसानी से उसकी समझ में नहीं आतीं।

अस्तु, उसने हड़बड़ाकर कहा, “अरे! यह कैसी बात? वी मस्ट ऑनर आवर पास्ट! हमें अपने अतीत का सम्मान तो करना ही चाहिए।”

“बे-शक, हाबुल। लेकिन अतीत के बारे में हम सब उदासीन रहते हैं, इस बात पर अक्सर हद से ज़्यादा ज़ोर दिया जाता है, जानते हो? इन लोगों का सम्मान करो, इन लोगों को आदर दो, उनकी मूर्ति निर्माण करो! मैं कहता हूँ कि स्ट्रगल द सिटी विथ स्टेच्यूज़ ऑफ डेड मेन!”

“रियली?”

“भई, इसी में अगर शान्ति मिलती है, तो वही करो। बट डोंट नेगलेक्ट योर प्रेजेण्ट! अपने वर्तमान की उपेक्षा मत करो।”

“क्या इसीलिए परेश बैनर्जी को...?”

“हाँ-हाँ, उसके बड़े भाई ने दिनाजपुर में हार्पर साहब की हत्या की थी। कमाल का हाफ-बैक खेलता था, जी! परेश ने कहा था कि जाने कौन-से रास्ते के आधे हिस्से को वह अतीत के नाम करा देगा। मैंने पूछा, अब तक वह सड़क किसके नाम है? उसने बताया—सत्येन’दा के नाम! उसका जवाब सुनकर मैंने कहा—देखो, परेश उस रास्ते पर कुल दो अदद पब्लिक लेबोरेटरी, एक अदद पेशाबघर, शाम के वक्त उस फुटपाथ पर चूल्हों का धुआँ, रात को जुएबाज़ी और कई एक मरे-खोखले रेन-ट्री ही तो हैं। कुल मिलाकर यही कुछ तो है, उस सड़क पर। अस्तु, सत्येन बाबू को ही तुम लोगों ने कौन-सा सम्मान दिया और अब अतीत को ही कौन-सा सम्मान थमा दोगे। मैं तो कहूँगा कि सड़क अगर वाकई सड़क जैसी हो, तो किसी एक पक्के हरामजादे के नाम पर मुझे कोई एतराज़ नहीं।”

हरिकेश द्वारा इस किस्म के शब्द के इस्तेमाल पर हाबुल चमत्कृत हो आया। ऐसे ढेरों बूढ़े इनसान होते हैं, जो ज़िन्दगी भर बदजाती करते हैं, बूढ़ी उम्र में भी जिन्हें गन्दी और अश्लील बातें करना पसन्द होता है। हरिकेश उस दल में नहीं आते थे। यह आदमी सच ही कमाल का है!

हाबुल ईषत् मुस्करा उठा।

हरिकेश ने ज़रा हताश होकर कहा, "लगता है, इस देश में जवान होने के बजाय बूढ़ा होना ज़्यादा अच्छा है।"

"क्यों?"

"ये बूढ़े तो स्टेज छोड़ना ही नहीं चाहते, जी! गर्म देश है, शरीर जल्दी पक जाता है, लेकिन दूसरी तरफ शायद इस देश में बुद्धि पकने में देर होती है। नाबालिग मनोभाव कभी नहीं जाता। अब, देखो न हर मामले में जो लोग ऊपर बैठे हैं, वे सभी लोग सत्तर वर्ष के बूढ़े हैं। इस देश में इनसान पहले शिशु होता है, बाद में बूढ़ा होता है। वह उम्र, जिसे 'यूथ' यानी बालिग उम्र कहते हैं यानी 'एडल्ट मैनहुड' जवान उम्र इस देश में आती ही नहीं!"

उनकी आवाज़ अभी भी सुन्दर थी! पता नहीं, कम उम्र में और कितनी सुन्दर रही होगी। हाबुल मन ही मन सोचता रहा, बीवी अपने पिता से इतनी नाराज़ क्यों है।

अचानक हरिकेश ने ज़ुबान खोली, "जानते हो, मैं बिल्कुल सही समय पर निकल आया? इसीलिए तुम सब मुझसे इस हद तक खुश हो!"

हाबुल ने कहा, "एक बात में आप सबसे अलग हैं।"

"किस बात में?"

हरिकेश धारदार छोटी-सी छुरी से केलों के टुकड़े काटने लगे! कमाल की कला थी। हरे रंग के छिलके, ज़रा-ज़रा काले! मगर कितने मोटे-मोटे और मीठे।

शालिनी ने कहा था, "नागपुर में हमारा केलों का बागान है! ब्यूटीफुल एरेंजरी टू! हारी (मसूरी वेवरली में पढ़ाई की थी। इसलिए वह हरि को 'हारी' बुलाती थी) डू कम!"

शालिनी के बताने का लहजा कुछ ऐसा होता था, मानो मेदिनीपुर में दक्षिण-पश्चिम के बेतोल फॉरेस्ट रेंज की बगल में ही, उन लोगों का सन्तरे और केले का बाग हो।

"कम, हैरी, कम!" शालिनी अनुनयभरे लहजे में कहा करती थी। बेतोल के टूर पर उसके पति, दत्तात्रेय मधोक कर्वे आये थे। सिर्फ निरामिष आहार करके और समय मुताबिक पूजा-पाठ करने के बावजूद कोई इनसान इस हद तक साहसी हो सकता है और अपना दिमाग़ ठण्डा रख सकता है, हरिकेश ने यह लक्षण एकमात्र कर्वे में ही देखा था।

ग़ज़ब! ग़ज़ब का तजुर्बा! सतीनाथ मर चुका था। मनोरमा कहाँ थी,

कोई नहीं जानता। सात्यकी ने आत्महत्या कर ली। हरिकेश शिकार करने के लिए बेतोल चले गये थे। कह सकते हैं कि यही वजह पेश करके अपने को छिपा लिया। उस समय कर्वे और शालिनी और वे मौजूद थे और हाँ, डाकबँगलों के अन्दर, फायर-प्लेस के ऊपर एक दुधमुँहे बच्चे की तस्वीर भी थी। उन दोनों के बेटे की तस्वीर!

उस ज़माने में शालिनी, ठीक सुन्दरी नहीं थी। लेकिन उसने हरिकेश को निकाल बाहर किया था, यह उन्हें याद है।

"नागपुर की मिट्टी को सन्तरा-मिट्टी कहते हैं, हारी! वहाँ की सख़्त माटी पर इसीलिए सन्तरे सख़्त होते हैं। मैं नागपुर की ही लड़की हूँ।"

कर्वे को पता नहीं चला, शायद किसी को भी जानकारी नहीं हुई। किन्हीं-किन्हीं पलों में हरिकेश की कमज़ोरी शालिनी की नज़रों से छिपी नहीं रही, लेकिन उसने किसी को कुछ बताया नहीं। काफी अर्से बाद, हरिकेश को इसका प्रमाण भी मिल गया कि उसने यह बात किसी को भी नहीं बतायी।

कर्वे और शालिनी का बड़ा बेटा आर्मी-ऑफिसर था। पूर्वी फ्रण्ट पर जाने से पहले उनसे मिलने भी आया था। घुँघराले बाल! कँटीली आँखें! कर्वे की तरह ही उसके होठों पर हमेशा मन्द-मन्द मुस्कान खिली हुई!

"मैं गोपाल दत्तात्रेय कर्वे हूँ। आप मेरे डैडी को जानते थे?" उस लड़के ने ईषत् हँसकर कहा, "मेरे मम्मी-डैडी ने ही मुझे आपके बारे में बताया। अब तो आप काफी मशहूर हस्ती हैं।"

"ओ नो!"

हरिकेश कर्वे और शालिनी के बेटे के ख़ातिर-तवाजो में व्यस्त हो गये।

उन्होंने निरापद से कहा, "तुझे पता है कि इसके पिता उन दिनों सरकारी अफसर थे। इसके बावजूद मुझे अपने यहाँ पनाह देने में ज़रा भी नहीं डरे। मेरी खूब-खूब ख़ातिर की थी, रे!"

गोपाल मुस्कराते हुए हरिकेश की हड़बड़ाहट देखता रहा।

"तुम्हारे डैडी अब कहाँ हैं?"

"जी, बेलगाँव में!"

"तुम्हारी माँ सकुशल हैं?"

"जी हाँ!"

"तुम क्या अकेले हो?"

"जी नहीं! मेरे और भी तीन भाई हैं।"

"तब तो तुम्हारे माँ-बाप मोह-माया में काफी जकड़े होंगे। है न?"

"जी नहीं, वे दोनों तो आश्रम में रहते हैं।"

"आश्रम में?"

"जी, बेलगाँव के स्वर्गाश्रम में!"

"सच?" हरिकेश जाने कैसे अचरज से भर उठे।

शालिनी और कर्वे! दोनों निरामिष खाते थे, पूजा-पाठ भी करते थे। लेकिन यह सब तो बहुतेरे मराठी करते हैं। सभी लोग क्या उम्र बढ़ने पर स्वर्गाश्रम चले जाते हैं? वे शायद उन लोगों को ठीक-ठीक पहचान नहीं पाये। हालाँकि यह ख़याल आते ही, उन्हें कोफ़्त भी हुई।

वह लड़का कॉफी पीकर विदा हो गया। उसे देखकर हरिकेश के मन में अपनी उम्र पर दोबारा अफसोस जाग उठा। जीवन का मतलब है, पुत्र-सन्तान! दत्तात्रेय मधोक कर्वे का बेटा गोपाल दत्तात्रेय! कर्वे अपने बेटे के माध्यम से चिरदिन ज़िन्दा रहेगा। यहाँ एक कृतघ्न, प्रौढ़ा महिला हरिकेश की बेटी है। अन्य एक अपरिचित, अचीन्ही, सूजे मुँहवाली औरत, हरिकेश की नातिन है, यह सोच-सोचकर वे अत्यन्त दुःख से भर उठे।

अचानक उन्हें होश आया कि सामने हाबुल बैठा है। सुनीति तो जाने कब ही उठकर चली गयी।

"अब मैं बूढ़ा हो गया, हाबुल! मेरा मन कहाँ पहुँच गया था, पता है?"

"कहाँ?"

"बेतोल के जंगल में! तू जानता है, वहाँ की मिट्टी की जाँच-परीक्षण करके यह पता चला है कि वहाँ बेहतरीन किस्म का महुआ उगाया जा सकता है! येऽऽ किंग-साइज!"

"महुआ?"

"एक ग्रेट बून! महान् वरदान है यह! अरे, महुआ का मतलब क्या सिर्फ ताड़ी ही होता है, जी? महुआ के बीज से तेल निकाला जाता है। वह तेल साबुन में मिलाया जाता है। हाँ, उसके रस से ताड़ी बनती है। हाँ, तो मैं क्या कह रहा था, बताओ तो?"

"जी, आप नहीं, मैं कह रहा था—"

"क्या कह रहे थे?"

"जी, आपकी बात अलग है, क्योंकि आपका राजनीतिक जीवन ही न के बराबर है! अत्यन्त संक्षिप्त! इससे पहले और बाद में, आपको देशवासियों से प्रचुर सम्मान मिला है। आपके मन में फ्रस्ट्रेशन आना,

सम्भव ही नहीं है। शायद यही वजह है कि आप अपने सम्मान के बारे में बिल्कुल ख़ामोश रह पाये।"

"मैं बिल्कुल सही समय पर हट आया, हाबुल! मुझमें स्टेज-सेंस था!"

"जी, आपने यथेष्ट सम्मान पाया है।"

"शा-य-द! तुम तो जानते हो, हाबुल, सब कुछ जानते हो।"

आज दो अक्तूबर के दिन हरिकेश चौधरी को सारी बातें याद आती रहीं। हाबुल को सारी जानकारी है। इतने सबके बाद भी ऐसा क्या घटा कि मनोरमा सेन की चन्द बातें सुनकर ही, हाबुल ख़ामोश हो गया? चलो, निरापद को उसे बुला लाने दो। हरिकेश उसे सब बताएँगे। सारी सच-सच बातें!

हुँहः सम्मान जाए चूल्हे में! हरिकेश तो हाबुल से वही आविष्ट, मोहाविष्ट भक्ति चाहते थे, जो कभी सच ही वह उन्हें अर्पित किया करता था। उनमें यही एकमात्र कमज़ोरी थी। इतने दिनों उन लोगों की मोहाविष्ट भक्ति उनके खून की बूँद-बूँद में शराब से भी असर करती थी। मानो ऐलकेमी का असर उनके खून को आग की तरह तपाता रहा, सोने की तरह उजला बनाता रहा।

बीवी ने उनके सामने सात्यकी का जिक्र छेड़ा था। उसने उलाहना दिया कि सात्यकी को वे भूल गये हैं। लेकिन हरिकेश चौधरी सात्यकी को भला कैसे भूल सकते हैं? उसकी याद आते ही मानो आज भी यह दर्द, वह भयंकर क्षोभ, उनके मन में हाहाकार कर उठता है। वाताश की प्रतिध्वनि की तरह। हालाँकि अब पहले जैसी प्रतिध्वनि नहीं जागती। अब उनकी उम्र हुई! देह से बुढ़ा चुके हैं, जीर्ण हो गये हैं। अर्से पहले हरिकेश ने सासाराम में, सर्दी की एक रात, शेरशाह की मजार पर वाताश की वैसी ही रुलाई सुनी थी।

वाताश जब कम हुई, तब वह रुलाई भी थम गयी। हरिकेश अब किसी सुख या दुःख में उस तरह से विचलित नहीं हो पाएँगे।

फिर भी सात्यकी...! कैसी भयंकर बर्बादी! कितना बड़ा नुकसान! सात्यकी चूँकि उन्हें प्यार करता था, इसीलिए उसने आत्महत्या कर ली। लेकिन वह उन्हें ईश्वर का प्रतिनिधि क्यों मानता था? और जब उसने जाना कि वे साधारण, मामूली इनसान हैं, तो उसे इतना जबर्दस्त आघात क्यों लगा? यह ख़याल आते ही हरिकेश आज भी दुःखी हो जाते हैं।

बीवी! बीवी उन्हें क्यों दोषी ठहराती है? तेरा प्यार ही अगर उसके

लिए सब कुछ होता, तो क्या वह मरता? उन दिनों तेरी उम्र ही कितनी थी? बीवी, तू सात्यकी को आखिर कितना-सा प्यार दे पाती। उसे प्यार तो मैं करता था। इतना प्यार करता था कि उसे भूलने के लिए मुझे काफी कुछ करना पड़ा था और उसके लिए मैंने अपने को कभी माफ नहीं किया। आत्महत्या जैसा पाप? इससे बड़ा पाप तो होता ही नहीं। इनसान और कुछ भी कर सकता है, मगर उसे आत्महत्या करने का अधिकार नहीं होता। आत्महत्या, कानून की हर अदालत में दण्डनीय है। कहते हैं, आत्महत्या का मतलब है, दिमाग़ में अँधेरा उतर आना। सात्यकी के मामले में भी क्या यही हुआ था?

ईषत् वजनी कन्धे! धीर-स्थिर उजली आँखें! असम्भव नरम होंठ! हरिकेश को इस वक्त भी अपने कमरे में कहीं नरम, प्राचीन समाधि पर वाताश का हाहाकार सुनाई पड़ा। लेकिन इस कमरे में तो बाहरी वाताश दाखिल नहीं होती। यानी यह वाताश नहीं, वाताश की यादें हैं। हाहाकार नहीं, हाहाकार की स्मृतियाँ हैं। आज, जन्मदिन की सुबह-सुबह, मरे हुए अतीत की यादों में डूबे, अवसन्न मुद्रा में धम्म् से कुर्सी पर ढह गये और बार-बार इनहेलर का दम लेने लगे।

हाबुल क्या सात्यकी के बारे में सारी कहानी जानता है?

तीन

हाबुल, बीवी'दी और सरमा, हाबुल के कमरे में बैठी थीं। बीवी'दी अभी थोड़ी ही देर पहले दौड़ती हुई आयी थीं। अपना रिक्शा सड़क पर खड़ा कर आयी थीं। आज, बापी की सालगिरह के दिन, जरा-सी बात के लिए यूँ बाहर निकलने की लाचारी की वजह से उनके चेहरे पर विषण्णता और ईषत् गुस्से और हताशा का भाव झलक रहा था।

"मुझे लगा था, वाणी तुम लोगों के यहाँ पहुँची होगी।"

"अरे वाह! वाणी में क्या आत्मसम्मान नहीं है? आखिर तो वह तुम्हारी ही बेटी है न!" सरमा, बीवी'दी से झगड़ा करने के लिए उतावली बैठी थी।

"हाबुल को भी जानकारी नहीं थी?"

"मेरा तो ख़याल था, वह अपनी बुआ के पास जाएगी।"

"वहाँ नहीं गयी!"

"तुम क्या उसकी खोज में वहाँ गयी थीं?"

"हाँ, गयी थी–"

अपने अहम् का विसर्जन देकर बीवी'दी वहाँ भी गयी थीं। अगर वे बापी के जन्मदिन का उत्सव ही बन्द कर सकती थीं, तो वाणी के लिए उसकी बुआ के पास क्यों नहीं जा पातीं? आज वह झूठा मान लेकर क्यों बैठी रहतीं?

"उन लोगों ने क्या कहा?" स्टोव पर नज़रें गड़ाये सरमा ने पूछा।

स्टोव पर आलू-मटर और अण्डे, एक साथ उबालने के लिए चढ़ा हुआ। इस घर में खाना-पीना खाकर सुबह का खाना ज़रा ज़र्बदस्त होता था। बीवी'दी जानती थी कि सरमा इस वक्त रोटी-मक्खन-चीज़-आलू-मटर-अण्डे नासपाती और चाय-कॉफी लिए बैठी होगी।

वे दोनों यानी माँ-बेटे सुबह नौ बजे सोकर उठते थे, दस बजे चाय पीते थे। उसके बाद, अपने-अपने काम पर निकल जाते थे। सिर्फ माँ-बेटे की गृहस्थी। लेकिन, उनका मकान देखो, तो लगता है कि बस, अभी-अभी वे दोनों नये मकान में रहने आये हैं!

बिस्तर के ऊपर बरसाती! पलँग के नीचे रिकॉर्ड-प्लेयर! ड्रेसिंग टेबल पर मक्खन का डिब्बा। सबसे अद्भुत थी उनकी अलमारी! सारे कपड़े-लत्ते तो समूचे कमरे में फैले-बिखरे हुए! सरमा उस अलमारी में क्या रखती है, बीवी'दी के समझ से परे था। हाबुल का कीमती कैमरा, टेपरिकॉर्डर, पिछली बार सरमा के लिए लाया हुआ बेशकीमती फर कोट–सारा कुछ तो कमरे में बाहर ही बिखरा रहता है। लोहे की अलमारी, फिल्में और थियेटर विषय पर विलायत से लायी हुई हाबुल की चन्द किताबें, ऊन बुनने के गुच्छे भर काँटे और कुछेक दवाओं समेत आलतू-फालतू सामानों से भरी हुई थी।

सरमा, बीवी दीदी की हमउम्र थी। उनके चेहरे पर उम्र की झलक अभी कम थी, लेकिन बाल पक चुके थे और अब, वे काफी कुछ महिला-डकैत जैसी नज़र आती थीं।

इसकी वजह यह थी कि वे आँखों पर हमेशा काला चश्मा चढ़ाये रखती थीं। इस वक्त भी उनकी आँखों पर काला चश्मा था। सरमा अभी भी चुन्नटदार साड़ी पहनती थीं। हाबुल के पिता के प्रति श्रद्धावश रंगीन साड़ी उन्होंने त्याग दी थी। लेकिन वे अब भी बहारी किनारदार साड़ी ही

पहनती थीं। आँखें ख़राब हो जाने की वजह से उन्हें चश्मा पहनने की ज़रूरत आ पड़ी थी। वैसे धूप में उन्हें तकलीफ भी होती थी। इसीलिए सरमा ने पावरवाला, हल्का काला चश्मा बनवा लिया था।

हाबुल ने कहा भी था, "रात को काला चश्मा चढ़ाये घूमोगी तो लोग तुम्हें क्रुक समझेंगे!"

"समझने दे!"

सरमा फर्राट निडर औरत थीं। उनका तर्क बिल्कुल सीधा-सहज था। हाबुल के पिता के निधन के बाद लोगों ने जब उन्हें दुरदुराकर छोड़ दिया, तब क्या अन्य लोग उन्हें बचाने आये थे? दीघापतिया स्कूल में चौथी क्लास तक पढ़ाई के बलबूते उन्हें खासी तकलीफ उठाकर बेटे को बड़ा नहीं करना पड़ा?

"इसलिए क्या तुम क्रुक बन जाओगी, माँ?"

"नहीं, ऐसा क्यों? लेकिन मेरा कहना है, लोगों ने मेरे बारे में नहीं सोचा, तो मैं भी लोगों के बारे में क्यों सोचूँ? बस्स!"

कभी ऊन बुनकर, कभी चमड़े का काम करके और कभी इन्श्योरेंस की दलाली करके, उन्होंने बेटे को पढ़ाया-लिखाया। उसे अच्छा छात्र बनाया। अब वह चार सौ रुपये कमाता है। इस बीच सरमा ने अपने लिए और एक काम खोज लिया। औरतों की किसी को-ऑपरेटिव दुकान में देखरेख का काम!

इसके अलावा उनके पास और भी काम था—समय-असमय बीवी दीदी को डाँटना-धमकाना।

स्टोव बुझाकर, मेज पर नाश्ता सजाते-सजाते सरमा ने पूछा, "वाणी की बुआ ने क्या कहा?"

"वाणी की ख़बर वे जानती ही थीं। उस पर से मुझे भी बात सुनाई। उन्होंने मुँह पर सुना दिया कि वाणी के पिता भी मेरी वजह से दुःखी हैं। यह भी कहा कि वाणी अगर वहाँ गयी, तो उसे वे सिर पर बिठाकर रखेंगे!"

"तुमने क्या जवाब दिया?"

"कुछ भी नहीं!"

"वाणी की बुआ से तुमने पूछा नहीं कि वाणी के लिए उन लोगों ने क्या-क्या किया है। एक ही शहर, कलकत्ता में रहती हैं, कभी तुम्हारी खोज-ख़बर ली है?"

"यह पूछने से क्या फ़ायदा होता, सरमा?"

इनसान अपना स्वभाव तो बदल नहीं सकता। असल में स्वभाव ही इनसान का सबसे बड़ा दुश्मन है। बीवी’दी अपना स्वभाव नहीं बदल सकतीं। वाणी की बुआ ही भला क्या अपने को बदल सकती हैं? रूढ़-रुक्ष बर्ताव से आखिर क्या आता-जाता है। लेकिन वाणी की बुआ काफी चुभती बातें सुनाने में माहिर थीं। वे दिल को छलनी कर देनेवाली बातें सुनाने से बाज़ नहीं आती थीं।

लेकिन इससे कोई नुकसान तो हुआ नहीं। उनकी सन्तानें उन्हें छोड़कर नहीं गयीं। चारों तरफ से घिरी उनकी गृहस्थी स्नेहहीन नहीं हुई। आज भी वे देख आयीं कि वाणी की बुआ कैसे रोज़-रोज़ पूरा मन लगाकर वाणी के पिता की तस्वीर पर फूलों की माला चढ़ाती हैं। जिस कमरे में वाणी के पिता की तस्वीर टँगी थी, उन्होंने बीवी दीदी को उसी कमरे में बिठाया था।

“वाणी तो है नहीं, मैं चलती हूँ–” बीबी दीदी उठ खड़ी हुईं!

उन्हें उठते देखकर वाणी की बुआ ने टहोका मारा, “तुम्हारे घर में तो बड़े भइया की तस्वीर शायद है नहीं। इसलिए वाणी के लिए इसी तस्वीर की एक प्रति तैयार करायी है, भौजी! वाणी अपने साथ ले जाएगी।”

“नहीं, तस्वीर तो है। लेकिन दराज में पड़ी है। उस पर फूल नहीं चढ़ाया जाता।” बीवी दीदी ने यह जवाब क्यों दिया, पता नहीं!

वाणी की बुआ से इस किस्म का वाक्य जाहिर करने का मतलब था, उन्हें और ज़्यादा बोलने का मौका देना।

जवाब में वाणी की बुआ ने कहा, “तस्वीर तो होगी ही, मगर उस घर में उस पर फूल-माला कौन चढ़ानेवाला है; बताओ? भइया का ख़याल आता है, तो तकलीफ होती है। उन्हें न जीते-जी चैन मिला, न मरकर...”

बीवी’दी का पूछने का मन हुआ कि अनन्त वकील की बेटी का क्या हुआ? तस्वीर पर फूल-माला तो वह भी चढ़ा सकती है। लेकिन अगले ही पल, अपने मन में ऐसा ख़याल जानने की वजह से उन्हें अपने प्रति ही हिकारत हो आयी।

सरमा को यह सब बताना चाहकर भी बीवी’दी ने ज़ुबान नहीं खोली। सरमा काफी शरीफ औरत थी, मगर कहीं से बावली भी थी। इसके अलावा फिलहाल वह उनसे बेतरह नाराज थी।

“तुम क्या अभी बाहर निकलोगी, सरमा?”

“क्यों? तुम्हें हाबुल से बात करनी है?”

"हाँ, कुछ ज़रूरी बातें करनी थीं–"

"आज को-ऑपरेटिव तो बन्द है। चलूँ, ज़रा बाज़ार हो आऊँ।" जाते-जाते एक बार पीछे मुड़कर उन्होंने सवाल किया, "अगर वाणी आ गयी, बीवी, तो क्या उसे खदेड़ दूँ?"

"मैं क्या बताऊँ, सरमा!"

बीवी दीदी, कुछेक पल नज़रें झुकाये, अपनी कँपकँपाती हुई उँगलियाँ निहारती रही। उनकी उँगलियाँ कँपकँपाने लगी हैं, होठों की कोरें नीलाभ हो आती हैं। किसी दिन उँगलियाँ छटपटा उठेंगी, दिल की ब्लड-पम्पिंग मशीन बन्द हो जाएगी। रक्तवाही हर नस कह उठेगी–आज चक्का बन्द! उसके बाद शरीर में ऑक्सीजन का प्रवेश थम जाएगा। खून में कार्बन डायऑक्साइड ज़हर का मुखौटा बाँधकर हर मुख्य नस के सिरे पर जमकर बैठ जाएगी। होठों की नीलाभ छाया, गहरी बैंजनी होकर, समूचे चेहरे पर बिखर जाएगी। ऐसा कोई दिन, किसी भी समय, किसी भी जगह आ सकता है। जब कभी ऐसा ख़याल आता है, पेट के अन्दर जाने क्या तो एकदम से उछल पड़ता है। अच्छा, बीवी'दी क्या मरने से डरती हैं? अब क्या उनकी वह उम्र रह गयी है? अब तो किसी भी आवेगवश, जान पर आ बनेगी।

बीवी'दी ने नज़रें उठायीं। सरमा जा चुकी थी। हाबुल की निगाहें उसी पर टिकी हुई थीं। हाबुल और वाणी हमउम्र थे। हाबुल का चेहरा और उसकी देह का रंग असमय उगे हुए बँधागोभी जैसा फीका था। हाबुल जरा कुबड़ा होकर बैठता था, धीमी चाल में चलता-फिरता था, धीमी आवाज़ में बातें करता था। विधवा माँ के आँचल की छाया में पला हुआ बेटा होने के बावजूद, सरमा ने उसे पर्याप्त आजादी देते हुए, बड़े एहतियात से पाला-पोसा था। फलस्वरूप हाबुल मिनमिनाता हुआ या कुटिल स्वभाव का नहीं हुआ। सरमा की तरह उसका बेटा भी समय-असमय अक्खड़ हो उठता था। लेकिन एक बात ज़रूर थी, उसकी सेहत ठीक नहीं रहती थी। एक बात और, चूँकि नाते-रिश्तेदार के नाम पर उसका कोई नहीं था, इसलिए माँ की तरफ के लोगों के प्रति एक खास कमज़ोरी थी।

सरमा को यह पसन्द नहीं था। शुरू से ही नहीं था। सिर्फ बीवी'दी के साथ उसे आते-जाते देखकर वह अत्यन्त उत्साहित रहती थी। सरमा और बीवी'दी दोनों ने ही उम्र की शाम में नये सिरे से दोस्ती कायम करके चैन की साँस ली।

हाबुल ने पूछा, "सुना है, छुटपन में मैं तुम्हें बीवी बुलाता था?"

"हाँ, हाबुल!"

"चलो, अभी भी वही बुलाऊँगा।"

"तुम ही नहीं, और भी बहुत सारे लोग मुझे बीवी ही बुलाते थे। अब वाणी को ही लो! अर्से तक वह भी मुझे बीवी ही बुलाती थी। असल में छोटे बच्चे जो सुनते हैं, उसी नाम से बुलाते हैं।"

हाबुल और वाणी के मुक़ाबले सरमा और बीवी'दी मानो बहुत ज़्यादा उत्साह से भर गयी थीं। एक खास उम्र के बाद, ज़रा बेहतर और स्थायी दोस्ती की ज़रूरत, सबसे अधिक महसूस होती है। औरत-औरत में दोस्ती होना अति विरल है। सरमा का उत्साह, बीवी'दी के घर उनका बार-बार आना-जाना, उसकी नज़रों से छिपा नहीं रहा।

"अच्छा, सच?" हाबुल इस कदर अवाक् रह गया था कि एक बार एक ही तरफ के बगल पर दो बार अस्तुरा चला दिया था। सरमा कहा करती थी कि जब दो औरतें एक जगह आ जुटती हैं तो आमतौर पर इतनी ज़्यादा फिजूल की बातें करती हैं कि उनकी बतकही सुनने के बजाय, कमरे में लेटे-लेटे किताब पढ़ना बेहतर लगता है। उसी सरमा ने बीवी'दी में जाने ऐसा क्या खोज निकाला, पता नहीं!

"बीवी बिल्कुल ही बात नहीं करती–" एक दिन वह घोषणा कर बैठी।

"क्यों?"

"इसके अलावा वह कहीं एक जगह थिर होकर बैठ भी नहीं पाती।"

"काश, तुम ही ज़रा थिर होना सीख पाती, माँ!"

हाबुल की नज़रों से यह बात छिपी नहीं रही कि आज सरमा पर भूत सवार है।

खूँटी पर टँगे नहाये हुए-बिना नहाये हुए कपड़े-लत्ते उतारकर, इधर-उधर फेंकते हुए कहा, "तुम्हारी आदत इतनी बुरी है, हाबुल कि इस कमरे में लोगों को लाकर बिठाने में मुझे शर्म आती है।"

अगले ही पल वे हाबुल के कपड़े-लत्ते सूँघने लगीं। आजकल की शर्ट तहायी तो जाती नहीं। कौन-सी धुली हुई है, कौन-सी बासी, सरमा सूँघ-सूँघकर तय करने लगी।

उस वक्त सरमा हाबुल पर भड़की हुई थीं। वह वाणी से भी नाराज़ थीं! बीवी'दी के प्रति भी बिफरी हुई थीं। हाबुल, हरिकेश के कमरे में जाता था, मगर सरमा वहाँ कभी कदम भी नहीं रखती थी। हरिकेश के

बारे में हाबुल को खासी दिलचस्पी थी, इसलिए नये सिरे से दोनों में बातचीत की शुरुआत हुई।

लेकिन एक दिन हाबुल ने सरमा से कहा, "माँ, मैं वाणी को प्यार करता हूँ, उसी से विवाह करूँगा।"

सरमा को रुलाई छूटने लगी, "यह तूने क्या किया, हाबुल?" और वे कुर्सी पर ढह गयी।

उन्हें अन्दाज़ा हो गया कि इसका नतीजा काफी दूर तक जाएगा। बीवी से उनका रिश्ता ज़हरीला हो जाएगा। यह बात अगर हरिकेश के कानों तक पहुँची, तो मामला और कुत्सित हो उठेगा, क्योंकि सरमा सात्यकी की घटना कभी भूली नहीं थी।

सरमा के जाने के बाद, हाबुल और बीवी'दी कुछ देर एक-दूसरे की आँखों में झाँकते रहे। हाबुल ने उद्विग्न होकर देखा, बीवी'दी की आँखों में कैसी तो उत्तेजना झलक रही है।

"इतनी दौड़-धूप तुम्हें नहीं करनी चाहिए, बीवी! आफ्टर ऑल यू डू हैव ए बैड हर्ट! दिल कमज़ोर है तुम्हारा! अगर कहीं हमारे घर में दम तोड़ दिया, तो वाणी मुझे कभी माफ नहीं करेगी।"

बीवी'दी ने गौर किया, हाबुल का चेहरा इस वक्त बदस्तूर थका-थका है, मानो रातोंरात वह बुढ़ा गया है। बीवी'दी जानती थी, हाबुल काफी नीतिवादी लड़का है। किसी-किसी मामले में वह भयंकर दकियानूस है।

—वाणी खास फ़िक्र नहीं करेगी, हाबुल—बीवी'दी ने कहना चाहा, मगर वे शर्म से गड़ गयीं। सच ही हाबुल और उनमें पूरे एक युग का अन्तर है। बीवी'दी का जीवन तो कभी सामने से, कभी पीछे से, हरिकेश ने ही नियन्त्रित किया है। सच पूछो, तो वे हाबुल को बिल्कुल नहीं पहचानतीं। वैसे वाणी को भी क्या वे पहचानती हैं?

"करेगी! फ़िक्र करेगी!" हाबुल ने जम्हाई लेते हुए कहा।

"इधर कई दिनों से तुम आये नहीं।"

हाबुल जब जाता था, वह बापी के पास भी बैठता था।

उसके बाद, बीवी'दी के कमरे में आकर पूछता था, "तुम क्या स्कैण्डिनेवियन थीं, बीवी?"

"क्यों?"

"सारे खिड़की-दरवाज़े खुला रखती हो। इतनी कड़कड़ाती धूप भी तुम्हें अच्छी लगती है।"

इसी तरह एक दिन बीवी'दी के कमरे में बैठे-बैठे हाबुल कह उठा, "पता है, सारा का सारा मामला काफ़ी मज़ेदार है। माँ तुम्हारे बापी के कमरे को कह रही थी—उपशय। अब, जैसे-जैसे दिन गुज़र रहे हैं, मुझे यही लगता है कि ही इज़ रियली ऐन ओल्ड-ओल्ड हण्टर! वाकई वे कोई बुड्ढे-खूसट शिकारी हैं।"

"उफ!" वाणी ने विरक्ति जाहिर की।

हरिकेश से जुड़ी कोई भी बात सुनना नहीं चाहती। हाबुल ने गौर किया था कि हरिकेश को भी भयंकर ज़िद है कि उनके कमरे में हवा-वाताश हरगिज दाखिल न हो। हवा-वाताश में उन्हें साँस की तकलीफ होती थी। उनके कमरे में बैठकर वाणी या वाणी के पिता की चर्चा निषिद्ध है। उनके जिक्र भर से वे झुँझला उठते हैं। वाणी में भी वैसी ही बाघ जैसी ज़िद बसी है।

हरिकेश बाघ जैसी सतर्कता के साथ अपने दुर्ग की निगरानी कर रहे थे। बीवी'दी उतनी ही सतर्कता के साथ कमरे की धूप की निगरानी कर रही थीं। सब अपने-अपने दुर्ग में पड़े हुए थे। वाणी का भी? निगरानी रखने लायक ज़रूर कोई दुर्ग है। वैसे दुर्ग हाबुल का भी, कहीं ऐसा तो नहीं कि बहुत दिनों बाद, अभी हाल ही में हाबुल ने 'कैसल' नामक किताब दोबारा पढ़ी थी, इसलिए वह हर किसी के साथ दुर्ग की उपमा जोड़ने लगा है?

हाबुल ने कहा, "वे एक बूढ़े शिकारी हैं। उनका उपशय यानी गुप्त ठिकाना छोड़कर, एक अँधेरी सुरंग से होकर, मैं तुम्हारे पास चला आता हूँ, बीवी! वह कमरा इतना अँधेरा है! इस कमरे में इतना-इतना उजाला! सारा कुछ कैसा तो प्रतीकात्मक है। असल में बीच की सुरंग एक सन्तुलन है, एक कनेक्टिंग लिंक!"

बस, वही आखिरी बार था। उसके बाद हाबुल, बीवी दीदी के यहाँ नहीं गया। बीवी दीदी को अब तकलीफ हुई! हाबुल को उन्होंने प्यार किया है!

"तुम्हें तकलीफ देने में, हाबुल..."

हाबुल ने उनकी बात नहीं सुनी।

उसने कुछ सोचते-सोचते सवाल किया, "बीवी, तुम मेरी कौन हो?"

"कौन हूँ, मतलब?"

"तुमसे मेरा क्या रिश्ता है? माँ तुम्हारी कौन है?"

"तुम्हारी माँ की नानी और मेरी माँ की नानी, आपस में बहनें थीं।"

"सगी बहन?"

"नहीं, दूर की!"

हाबुल ने कहा, "यानी जितना करीबी रिश्ता समझा था, उतना करीबी कुछ भी नहीं है। तुम लोग ऐसे पेश आ रहे थे कि लगा..."

"क्या लगा?"

"लगा था, तुम लोग जैसे कीड़े-मकोड़े हो।" हाबुल ने बमुश्किल यह शब्द अपनी ज़ुबान से निकाला।

बीवी'दी यह शब्द सुनकर भयंकर आहत हुई हैं, यह जानते हुए भी उसने इतनी राहत महसूस की कि मानो उसका कोई घाव फूट गया हो।

"मेरी नानी की नानी और वाणी की नानी की नानी दूर के रिश्ते में बहन लगती थीं। तो फिर तुमने वाणी को क्या बताया था, बीवी? मैंने सुना है कि तीन पीढ़ी पार हो जाए, तो ब्याह हो सकता है। अब तो ऐसा कानून भी बन गया है। इसके अलावा, इस प्रकार के रिश्ते में...किसी ज़माने में, रिश्ता तय करके ही विवाह होता था। वाणी से तुमने क्या कहा था?"

"मैंने कहा था कि मैं इस रिश्ते का समर्थन नहीं कर सकती, क्योंकि रिश्ता भले कुछ भी हो, दोनों परिवारों में आना-जाना, प्रीति काफी दिनों तक बेहद घनिष्ठ थी। मैंने उसे बताया था कि तुम दोनों भी...जिसे कहते हैं, कजिन...वही हो।"

"बे-चा-री रानी! एक तो वह खुद ही काफी प्यूरिटन...पुरातनपन्थी है! उसमें अतिशय नीतिबोध है! इसलिए तुम्हारी बात, उसके लिए कानून है।"

"मेरी बात?"

"ओ येस! वह कोशिश करती है कि तुम्हारी बात मानकर चले। इसका मतलब यह नहीं है कि मैं तुम्हें यह बता रहा हूँ कि वह तुम्हें अतिशय प्यार करती है।"

"हाबुल, मैंने यह कहा था कि मैं इस रिश्ते का समर्थन नहीं करती। लेकिन मैंने उसे मना तो नहीं किया था, हाबुल! तुम दोनों मेरी राय का इन्तज़ार क्यों करते रहे?"

"खून के रिश्ते का मामला है, बीवी! हजामत बनाते समय खून की जो बूँदें टपकती हैं, वह भी तो क्लर्क का ही खून होता है न? ज़ुबान से हम चाहे जो कहें, माँ का आशीर्वाद पाने के बाद ही नैतिक साहस मिलता है। समझीं?"

"लेकिन, हाबुल...!"

"खैर, छोड़ो! तुम मेरा ख़याल अपने दिल से निकाल दो, वाणी!"

"हाबुल ने बिस्तर पर से बरसाती हटायी। बिस्तर पर ढेरों काग़ज़, एक दिन का 'हितवादी' और 'बान्धव' पत्रिका से लेकर कितना कुछ!

"अब कल उत्सव मनाने का कोई मतलब नहीं होता, बीवी!"

"मैं तो यह जानने आयी हूँ कि तुम क्या मुझसे नाराज़ हो?"

"क्यों?"

"मैं जो उत्सव मनाने देना नहीं चाहती, इसलिए!"

"न्ना! तुम दोनों एक-दूसरे को नापसन्द करते हो, एक-दूसरे से नफरत करते हो, इसमें मेरा कुछ आता-जाता नहीं था। अरे, हाँ, तुम्हारे कमरे में एक भयंकर...ऑट्रोशस ऑयल-पेण्टिग है। सुना है वह पेण्टिग तुम्हारे मामा की आँकी हुई है।"

बीवी दीदी मानो आसमान से गिरीं। मामा की आँकी हुई पेण्टिग 'पुरी में सूर्योस्त' क्या बुरी पेण्टिग है? किसी ज़माने में तो लोग मामा की काफी तारीफ किया करते थे।

"खैर, वह तस्वीर अपने कमरे में रखने का तुम्हें अधिकार है। बिल्कुल उसी तरह, तुम्हें और उस 'ओल्ड मैन' को एक-दूसरे से नफरत या क्या कहते हैं उसे, एक-दूसरे पर गुस्सा करने का अधिकार है, मेरी बला से! मुझे कोई फर्क नहीं पड़ता। वैसे सच पूछो, तो मैं सच ही उस 'ओल्ड मैन' की प्रशंसा करता हूँ।"

"जानती हूँ।"

"इस अभागे जन्मदिन का उत्सव! हुँहः मुझे यह समझ लेना चाहिए था, बीवी! लेकिन मैं चाहता था कि यह एक स्पेशल समारोह बन जाए। उनकी जो उम्र है, उसमें किसी भी समय इनसान दुनिया से विदा हो सकता है।"

"हाबुल, तुम ऐसी गलती मत करो।"

"नहीं, मैं गलती नहीं कर रहा हूँ। मुझे तो पता है, उन्हें सभी लोग कमोबेश श्रद्धा करते हैं और उनका जीवन कुल मिलाकर बेहद दिलचस्प शख़्स हैं। वे सिर्फ एक अदद राजनीतिक कार्यकर्ता ही तो नहीं हैं। राजनीति से उन्हें हमदर्दी थी। उस ज़माने के बहुतेरे लोगों की तरह रुपये-पैसे देकर लोगों की मदद करते थे। बस, इतना ही भर! फिर भी एक सम्मानजनक काम उन्होंने किया था, बीवी! उन्हें सभी लोग 'देश गौरव' भी कहते थे।"

"हाँ, कहते थे—"

"इतने अर्से तक उन्होंने बेगमपुर के बारे में कुछ नहीं कहा। अचानक इस बार उन्होंने मुझसे कहा कि किसी-किसी विषय में वे इतने दिनों की चुप्पी तोड़ना चाहते हैं—व्हाई दैट्स ए म्यूजियम पीस! सच पूछो, तो वे खुद भी एक म्यूजियम पीस हैं, बीवी। इतने दिनों बाद उनके अन्दर यह शुभ संकल्प क्यों जागा? मैंने भी उनका मज़ाक़ बनाना ही तय किया था, क्योंकि वह आदमी मुझे अद्‍भुत लगता है! अद्‍भुत और वाइटल!"

"अब तो तुम पहले की तरह उनकी तारीफ नहीं कर पाते, हाबुल!"

"शा-य-द।"

"यह भी तुम्हारी भूल है। तुम उनकी जितनी प्रशंसा करते थे, वे शायद इसके योग्य नहीं थे। लेकिन अगर तुम उन्हें बहुत बुरा समझ लो, तो भी भूल करोगे।"

"मैं बेवकूफ नहीं हूँ, बीवी!"

"चलो, अच्छा है!"

"तुमने रुकावट क्यों डालनी चाही, बीवी?"

"कौन? मैं?"

बीवी'दी कुछ देर सूनी आँखों से देखती रहीं।

थोड़ा ठहकर उन्होंने कहना शुरू किया, "सुनो, हाबुल एक दिन मैं उपास पेड़ के करीब पहुँच गयी थी, यह कहने का कोई मतलब होगा?"

"नहीं, कोई मतलब नहीं होगा। हाबुल को लगेगा कि वे रोमाण्टिक हो आयी हैं।"

बीवी दीदी के साथ यही मुश्किल है। इन लोगों ने इतना कुछ विश्वस्त-न्यस्त करना सीख लिया था; ऐसे गलत-सलत मूल्यबोध को प्यार करते थे कि अब जो भी कहने जाते हैं, हाबुल जैसे लोगों को सारा कुछ निरा रोमाण्टिक लगता था। ये लोग तो यह पसन्द करते हैं कि इनसान और अधिक सख़्त-समर्थ हो।

बापी के साथ उनकी काफी लम्बे अर्से से जंग जारी है। सहस्रों-लाखों वर्षों से! बापी किसी शिकारी की तरह हमेशा ही किसी न किसी उपशय से बीवी'दी की दुनिया पर, उनके जीवन पर ज़हरीले तीर छोड़ते आ रहे हैं, अगर यह बात छेड़ी जाए, तो हाबुल कहेगा कि वह कोरी साहित्यग्रस्त पीढ़ी थी। उन लोगों के ज़माने में यह भी एक गड़बड़ थी। बेहद सुरक्षित और निश्चित जीवन था। बेरोज़गारी या महामारी या दुर्भिक्ष के अलावा

और किसी प्रहर की उन्हें आहट तक नहीं मिलती थी। बस, नज़रों के सामने अंग्रेज थे, इसलिए उन लोगों के विरुद्ध ही सब एक होते थे। वे लोग सोचते थे, इसी का नाम एकता है।

किसी भी क्षेत्र में वयस्क मानसिकता नहीं थी। सभी लोग कोरे भावों से भरे! आवेग में बहते हुए! इधर-उधर से कुछ-कुछ छाँट दिया जाए, तो उस ज़माने में रोमाण्टिक साहित्य का प्रभाव ही अधिक था। बीवी'दी जैसे लोग वही पढ़कर खुश रहते थे। दूसरा महायुद्ध न छिड़ता, तो साहित्य का सुर शायद कभी नहीं बदलता, हालाँकि बीवी'दी को यह ज़रूर लगता है कि तीसरे और चौथे दशक में रूमानियत के खिलाफ विद्रोह भी, और एक किस्म के आवेग के माध्यम से शुरू हुआ था। वैसे यह बात ज़रूर है कि आवेग के बिना साहित्य का हवा-बदल सम्भव भी नहीं है।

लेकिन ये सब बातें हाबुल से कहकर क्या फ़ायदा होगा? बीवी'दी के मन में ये सब आप्रासंगिक ख़याल भला जागे ही क्यों?

"बीवी, कुछ बोलो न!"

हाबुल जानना चाहता था! वाणी की तरह वह भी सच जानना चाहता था।

"मेरा ख़याल है, हाबुल..."

"क्या ख़याल है?"

"बापी को यथेष्ट सम्मान मिला है। आज उन्हें नये सिरे से, ज़िन्दगी के आखिरी दौर में एक महान इनसान या सम्पूर्ण व्यक्ति के तौर पर सम्मान देने की कोई ज़रूरत नहीं है।"

"क्यों?"

"क्योंकि वे यह सम्मान पाने का दावा नहीं कर सकते।"

"क्यों नहीं कर सकते, बीवी? मनोरमा सेन के खत में जो लिखा है, उस वजह से तुम ऐसा कह रही हो?"

"न-हीं!" बीवी'दी ने कुर्सी का हत्था कसकर पकड़ लिया। "हाबुल! हाबुल! अब, और कोई सवाल मत करो!" बीवी'दी की निगाहों के सामने, उस वक्त, मेज़ पर पड़ा हर काग़ज़ मानो रंगीन कली बनकर चिटखने लगा। उन सबके पास भी ज़ुबान है, वे सब भी कुछ कहना चाहते हैं। बीवी'दी का मन हुआ कि वे काग़ज़ के रूप में चिटखी हुई हर कली के मुँह पर हाथ रखकर उसकी ज़ुबान बन्द कर दें—कुछ मत बोलो! तुम सबकी यह ललछौंही सूरत अतिशय बेहद कुरूप...बेहद बीभत्स है।

"फिर क्यों, बीवी, क्यों? हम लोगों ने अयोग्य लोगों को मान-सम्मान अर्पित किया है...हम सब आज भी देते हैं! उनकी मूर्ति स्थापित करते हैं, उनकी तस्वीर टाँगते हैं। वे भी न हो, उन्हीं लोगों में से एक हो रहते।"

"सुनो, हाबुल, हमारे ज़माने के लोग, इनसान को देवता बनाने में व्यस्त रहते थे। तुम लोग इनसान की वह छवि तोड़ने-बिखेरने में भी उतने ही व्यस्त रहते हो। मैं तुम्हें सारा कुछ तो नहीं बता सकती, मगर मेरी बस, यही राय है कि किसी-किसी समय हमें जो सच लगता है, उसे कार्यरूप में उतारने का साहस होना चाहिए हम लोगों में! अगर मुझे यह लगे कि बापी को आज 'टोटल मैन'...भरपूर इनसान कहकर, नयी कोई ख्याति देना अनुचित है, तो मैं ऐसा करूँगी?"

"टोटल मैन!"

"सुनो, मुझे तुमसे भी बहुत कुछ सीखना है। यह बात भी! इसके अलावा, मुझे तुमसे एक ही बात कहनी है, हाबुल। वे 'टोटल मैन' शायद नहीं हैं। लेकिन इसलिए तुम उन्हें सम्पूर्ण अमानुष भी मत सोच बैठना।"

"अरे, नहीं, ऐसा मैं नहीं सोच सकता। हालाँकि...हालाँकि...पता है, बीवी, वह सब बेगमपुर या कौन-सी जगह है...उसके प्रति मेरा मन आखिर कितना-सा आकृष्ट हो सकता है, बताओ? खासकर पिछले बीस वर्ष बाद! उन दिनों के वे सब कामकाज, लोगों का मन अब आकर्षित करता है भला? आज़ादी के बाद भी जाने कितने ही लोग शहीद हुए, बताओ? इसके बावजूद मैं उनके अन्दर एक 'टोटल मैन' को ही देखना चाहता था।"

"क्यों, हाबुल?" बीवी के अन्दर कोई भय जाग उठा।

हाबुल धीरे-धीरे सतु'दा जैसा क्यों लगने लगा है?

"क्योंकि हम सबने, जिन लोगों ने सन् सड़सठ में तीस की दहलीज पर कदम रखा है, हमारी ट्रैजेडी क्या तुम लोग समझते हो? मुझ जैसा लड़का, महज अलग राजनीति में सिर न मुड़ाने के बावजूद इनसान का सर्वात्मक कल्याण में विश्वास कायम रखना चाहता हूँ। जिसका काफी कुछ पुराने फैशन का भी है। शायद मेरे खून में भी आत्मीयता के रिश्तों के प्रति प्राचीन अनुगत भाव है। इसलिए प्यार के मामले में वाणी को ही प्यार करता हूँ। हमारी ट्रैजेडी यह है कि हम थोड़े-से निर्मम हैं। इसके बावजूद हम भी टोटल मैन को खोजते फिर रहे हैं, बीवी! क्योंकि हमारी चारों तरफ इतने टूटे-फूटे खम्भे हैं, इतनी टूटी-फूटी मूर्तियाँ हैं, इतनी

रबिश, इतनी आवर्जना फैली हुई है कि...। हम जैसे लोग ही तो 'टोटल मैन' खोजेंगे।"

"बापी क्या तुम्हें ऐसे ही इनसान लगे थे, हाबुल?"

"सोचने लगो, तो बात कुछ बेवकूफी भरी ही लगेगी, लेकिन उनका आत्मसम्मान, अपना नाम भुनाने की कोशिश न करना...उन्होंने भी मुझे भरमाया, बीवी!"

"सच, हाबुल!" बीवी'दी को और कुछ सूझ नहीं पड़ा।

सतु'दा लोगों के समय में भी यही हुआ था! अब भी बिल्कुल वही हो रहा है। इनसान को इतनी ऊँचाई पर उठाने को क्या है?

"वाणी अगर तुम्हारे पास आये, हाबुल..."

"वह नहीं आएगी, बीवी!" हाबुल काग़ज़-पत्तर व्यवस्थित करने लगा।

"फ़र्ज़ करो, अगर वह आये, तो उसे मेरे पास जाने को कहना"—बीवी काफी धीरे से उठ खड़ी हुईं।

ऐसा लगा, मानो उनका समूचा शरीर फुलाये हुए काँच से गढ़ा गया है। हल्का-सा धक्का लगते ही बीवी'दी चूर-चूर होकर गिर पड़ेंगी।

"एक बात बताती जाओ, बीवी!"

ना! बीवी'दी ने गर्दन हिलायी। अब और कोई बात नहीं। मानो वे काफी दिनों जी लीं। काफी दिनों वे बोलती रही हैं, काफी दिनों वे ढेरों सवालों का जवाब देती रहीं। अब, उन्हें जल्द से जल्द वापस लौटना होगा।

"बीवी!"

बीवी'दी ज़रा ठिठक गयीं।

अब उन्हें हँसी आने लगी। उनकी वही अद्‌भुत, विलापकारी हँसी! जिस हँसी को देखकर इनसान अचानक डरकर चुप हो जाए, क्योंकि बीवी'दी की आँखें नहीं हँसती थीं, चेहरे की त्वचा में खुशी के बल नहीं पड़ते थे, फिर भी सिर्फ चेहरे की दरार भर हँसती रहती थी।

"सात्यकी तुम्हारा कौन था, बीवी? वह मर क्यों गया?"

बीवी'दी हँसने लगीं। हँसते-हँसते उनकी आँखों से आँसू बह चले। हाबुल ने आज के दिन ही सतु'दा का ज़िक्र छेड़ा? उसे मैं क्या बताऊँ, सतु'दा मेरा कौन था? सतु'दा क्यों मर गया?

"इस फाइल से पूछो, हाबुल!"

उसे 'हरिकेश चौधरी' लिखी हुई एक फाइल थमाकर, बीवी'दी नीचे उतर गयीं।

चार

निरापद जब हाबुल को सन्देशा देकर लौट आया तो हरिकेश अपने कमरे में बैठे-बैठे अपने को व्यवस्थित करने में जुट गये। उनके कमरे की बगल में एक और कमरे में निरापद उनके लिए दोपहर का खाना तैयार करने लगा। बीच-बीच में उसके चलने-फिरने की झलक मिल रही थी। निकष काले बदन पर सफेद-धुली पोशाक! उनके जन्मदिन के सम्मान में उसने उजले-धुले कपड़े पहने थे। हैरत है! क्या वह भी सब कुछ भूल गया? दो अक्तूबर को तो मकान में फूलों का आदान-प्रदान और बाकी सारे काम करनेवाले लोगों के लिए भोजन-पानी का इन्तज़ाम होना चाहिए था। आज उसने उजले-धुले कपड़े क्यों पहने?

टेलीफोन करना, कई लोगों को आने का न्योता देना- यह सब तो तीन तारीख को होता था। निरापद की भाषा में 'खूब मजा होता था।' खैर अब बाबू को घेरकर कोई मज़ेदार घटना नहीं होती, इस वजह से निरापद भी जरा चिन्तित था। '1887 में जन्मे' हरिकेश 'स्टिल गोइंग स्ट्रॉन्ग'! अब यह शरीर ज़्यादा दिनों नहीं रहेगा, यह बात निरापद जानता था। एकमात्र निरापद ही इस कमरे में रहता था और रात के वक्त हरिकेश का खुला हुआ मुँह, काँपती-लड़खड़ाती देह पर तिलचट्टे रेंगते हुए और कमरे में चूहे दौड़ते हुए देखता रहता था।

कभी-कभी तो उसे यह भ्रम होने लगता था कि बाबू का तन-बदन अन्दर से शायद झँझरा हो गया है और चूहे, तिलचट्टे, झुग्गी-झोंपड़ियों के तमाम जीवजन्तु, उनके शरीर के अन्दर से ही पिल-पिल निकल रहे हैं।

उनकी मौत से पहले उन्हें घेरकर और एक बार 'मज़ा' होगा या नहीं, निरापद के मन में कई-कई बार यह सवाल उठता रहा। इसीलिए वह उम्मीद लगाये वह दो तारीख से ही अच्छे-अच्छे कपड़ों में सजा-धजा घूम रहा है।

हाबुल के आने के इन्तज़ार में बैठे-बैठे हरिकेश सिर्फ एक बार यह सोचते रहे कि सुनीति का हाबुल के घर जाने का क्या मतलब हो सकता है। अगले ही पल मन ही मन, उन्होंने पीले कमल फूल की कल्पना करने की कोशिश की। वह फ्रांसीसी लड़की! अभी कुछ दिनों पहले ही हाबुल के साथ आयी थी और पटर-पटर बतियाती रही थी। जाने कौन-सा तो स्कॉलरशिप लेकर वह जादवपुर आयी है। यहाँ के बत्तखों की तरह

गोल-मटोल, तनी छाती, गदरायी सूरत! खूब बुद्धिमती! लेकिन इससे क्या फ़र्क पड़ता है? उन्होंने देखा कि एक और छोकरा, बुद्धिबाज उससे चिपका हुआ है। साफ अन्दाज़ा हो गया कि वह छोकरा उस लड़की से ब्याह करेगा ही करेगा। उस लड़की में सब कुछ अच्छा है, लेकिन योग-टोग में उसका ग़ज़ब विश्वास है। खैर, योग में विश्वास करना कोई गलत बात नहीं है, मगर इसके साथ-साथ वह सब कुछ में विश्वास करती है। मसलन् उसका कहना है कि यह छोकरा बुद्धिबाज उसके पूर्वजन्म का 'सोलमेट' है यानी आत्मा का संगी। भगवान जाने इसका क्या मतलब है!

लेकिन आलतू-फालतू, असम्भव फूल-फल के बारे में सोचो तो मन शान्त होता है—गहरा बैंजनी सन्तरा, पीला कमल या गहरे हरे डालिया फूल का ख़याल आते ही, हरिकेश मन ही मन उन आश्चर्यजनक बागों में जा पहुँचते हैं। बिल्कुल बच्चा बनकर दौड़-दौड़कर रुपहली गौरैया या गुलाबी पतिंगे पकड़ते हैं। दूध की झाग की तरह सफेद-बुर्राक घास पर लोटपोट लगाते हैं। कभी-कभी उन्हें लगता है कि जाने कौन लोग तो उनका हाथ पकड़कर ले जा रहे हैं। तीस-बत्तीससाला गुस्सैल छोकरे ने जिसे नाम दिया था—"माँ नहीं, बहन नहीं, बीवी नहीं, जैसे कोई और"—उन्हीं लोगों का हाथ थामे-थामे वे उस बाग में सैर कर रहे हैं।

लेकिन आज जब उन्होंने अपने को बाँध-छाँधकर किसी एक जगह थिर करने की कोशिश की, तो उन्हें कोई पीला कमल या बहारी फूल या तितली नहीं, भयंकर जंगल का ख़याल आया। इसके अलावा मुँह-फाड़े बाघ का! हरिकेश ज़रा तनकर बैठ गये। यह अनिष्ठ सुनीति कर गयी, वर्ना बूढ़न उन्हीं की गलती से मरा था, यह ज़िक्र उसने क्या किया?

ऐसी ढेरों बातें हैं, जो हरिकेश किसी को बता नहीं सकते, लेकिन इस दिनों उनके मन में कोई असम्भव प्रत्याशा उमड़ आयी है। वे हाबुल से कहेंगे, उसे ही बताएँगे। हाबुल देखे कि ज़िन्दगी में कौन-कौन-सी शर्मनाक स्मृतियाँ वे खुल्लम-खुल्ला जाहिर कर सकते हैं। उन्होंने अपने कान खड़े कर लिए। बहुत सारे वन-जंगल घूमते हुए, जेठ की भीषण गर्मी, सर्दी की कड़कड़ाती दोपहरी झेलते हुए जानवरों के कदमों की आहट सुन-सुनकर अभ्यास करते हुए, हरिकेश ने अपने कान तैयार किये हैं। इसके अलावा बेगमपुर तो वे असल में किसी खूनी को पकड़ने गये थे। लेकिन खोदा पहाड़, निकली चुहिया! उन्हें खूनी-हत्यारों के कदमों की आहट सुनने का भी अभ्यास है।

हाबुल आ रहा है। हाबुल के कदमों की आहट भी हरिकेश को सुनाई दे गयी।

"आओ, हाबुल!"

"कैसे हैं? अच्छे हैं न?"

"हाँ, मैं ठीक हूँ! तुम्हें बुला भेजा..."

"आप न भी बुलाते, तो भी मैं ज़रूर आता।"

"पता है, हाबुल..."

"हाँ, कहिए!"

"आज मुझे एक व्यक्ति की बार-बार याद आ रही है–"

"कौन-सा व्यक्ति?"

"मेरा एक पुराना ट्रैकर था! बूढ़न। आज अगर वह होता, तो खूब खुश होता।"

वह खुश क्यों होता, हाबुल नहीं जानता। अगर जश्न मनाया जाता, तब न खुश होने की बात उठती। हरिकेश को क्या अभी तक यह जानकारी नहीं है कि कल कोई जश्न नहीं मनाया जा रहा है?

"मैं आपको कुछ पढ़कर सुनाना चाहता हूँ। मतलब, इसमें अगर कोई भूल-चूक हो, तो आप सही कर दें।"

हरिकेश के मन में विस्मयभरा आनन्द उमड़ आया। यानी हाबुल ने अपना वादा पूरा किया। कल फिल्म डिवीजन के लोग उनकी तस्वीरें उतारने आ रहे हैं। बांग्लादेश प्रेस का जो मतलब समझ में आता है, उसकी सारी जानकारी हरिकेश की उँगलियों की पोरों पर थी! सारा कुछ वे चीन्हते-पहचानते थे। इसके अलावा हरिकेश ने चूँकि काफी विचित्र जीवन गुजारा था, इस वजह से उनके जन्मदिन के जश्न में कोई न कोई, सभी तरह के लोग शामिल होते थे।

वैसे किसी ज़माने में वे एक साथ कलकत्ता और ढाका में प्रैक्टिसिंग एडवोकेट थे और काफी कमाई धमाई भी अर्जित की थी। अपने कानून-जीवन के दोस्तों में से उन्होंने एकमात्र करुणामय को ही दावत दी थी। उस इनसान के 'भ' अक्षर में धनयोग था। पहले भवाल और बाद में भागलपुर, दोनों ही मुकदमों में मानो उसकी किस्मत खुल गयी। बाद में उसने अपने सीनियर चैटर्जी की बेटी से विवाह कर लिया। उस महिला का पुकार नाम था–भूती। बत्तीस वर्ष बाद उस आदमी ने हरिकेश की काफी मदद की थी।

उनके साहित्य जीवन में भी बहुतेरे साहित्यकार अभी भी लड़खड़ाते हुए ज़िन्दा हैं। हरिकेश ने सबको नहीं बुलाया था, लेकिन उस दल को बुलाना ही पड़ा, जिन लोगों ने हरिकेश के साथ भवाल के गोविन्द दास की मदद की थी, चन्दा इकट्ठा किया था। उनमें चारु मुखज्जी का एक खास सम्मान था। चारु मुखज्जी, हरिकेश के पहले 'काव्य-संग्रह' के मुद्रक भी थे।

इसके अलावा कलकत्ता के कई-कई अलंकार—मसलन अदिति हालदार, वीएम बैनर्जी, राधाप्रसन्न सेन—इनका नाम शामिल करना ही पड़ा है। हाबुल अपना निजी आलेख पढ़ेगा और मानो अपनी यादें दुहराते हुए हरिकेश बेगमपुर के बारे में भी अपना वक्तव्य देंगे।

"पता है, हाबुल..." हरिकेश ने सोच में डूबे-डूबे ही कहा, "सुनीति, तुम्हारी बीवी मौसी को अभी तक यह जानकारी नहीं है कि कल मैं क्या बोलना चाहता था।"

हाबुल के कानों तक उनकी यह बात पहुँची ही नहीं। उनके पास समय वाकई क्या इतना कम है?

"देखिए, यह रहे आप..." आँखों में खुशी भरकर, हाबुल ने एक फाइल उनकी ओर बढ़ा दी।

हरिकेश ने खुश होने की कोशिश की।

चील की तस्वीरवाली उस फाइल में हरिकेश चौधरी की घटनाबहुल और विचित्र जीवन को, जोड़-घटाव की कसौटी पर कसकर, हाबुल ने कई एक काग़ज़ों के अन्दर घुसेड़ रखा था।

उसी वक्त दरवाज़े की तरफ से मीठी खुशबू का एक झोंका आया। शोरबे की ऐसी खुशबू, एकमात्र निरापद के अलावा और किसी के पकाये व्यंजन से नहीं निकलती। हरिकेश ने एक तृप्तिभरी साँस खींची और पीठ टिकाकर बैठ गये। पता नहीं क्यों तो हाबुल बीवी की इस बेटी से विवाह करना चाहता था। बाघ का शिकार करनेवाले इस गुप्त घाटी में बैठे-बैठे हरिकेश को सारी ख़बरें मिलती रहती थीं। निरापद, बूढ़न जैसा न सही, अच्छा ट्रैकर था। सुरंग के उस पार से ढेरों खबरें बटोरकर, चूहे की तरह वह सट् से वापस लौट आता है। इसी तरह हरिकेश के कमरे में ख़बरें जमा होती रहती हैं। बीवी, सात्यकी का चेहरा निहारा करती है, वाणी, बीवी का मान-सम्मान नहीं करती—ये तमाम ज़रूरी ख़बरें हरिकेश को निरापद से ही मिलती हैं।

हाबुल बीवी की बेटी से विवाह क्यों करने लगा? पैंतीस वर्ष पार से और एक उद्भ्रान्त नौजवान की आवाज़ उनके कानों तक आ पहुँची। वह आवाज़ अभी भी आती रहती है। सात्यकी, बीवी से क्यों विवाह करना चाहता था?

हरिकेश का मन हुआ कि वह ज़रा झुककर बैठ जाएँ और हाबुल को तसल्ली दें—फिक्र मत करो, हाबुल! मेरी नातिन से नहीं, किसी अच्छी, फुलब्लडेड लड़की से विवाह कर डालो और गेट् हेल्दी विगरस चिल्ड्रेन!

लेकिन हाबुल शायद इतनी खुल्लम-खुल्ला बातें न सुनना चाहे।

हरिकेश तनकर बैठ गये। अपनी ठुड्डी नीची कर ली।

"नाम—हरिकेश चौधरी! पिता—पातकीरंजन! आप तीसरी सन्तान हैं न?"

"चौथी कह सकते हो!"

"क्यों?"

"तीसरा कुल घण्टे भर ज़िन्दा रहा।"

हरिकेश का जवाब, बाहर बैठे निरापद तक भी पहुँच गयीं। वह हँसने लगा। देख रहा हूँ, बुड्ढा आज हर बात सच-सच ही कहेगा! यह भी एक किस्म का मज़ा है। चूँकि मौत के दिन अब करीब हैं इसलिए बुड्ढा जाने कितनी-कितनी तरह के खेल-तमाशे दिखा रहा है।

"आपका जन्म उत्तरी बंगाल के, राजशाही दुर्गबाड़ी में सन् अठारह सौ सत्तासी में?"

"हाँ, हाबुल! लेकिन मुझे लगता है कि उत्तर या दक्षिण पर बहुत ज़्यादा ज़ोर न दिया जाए तो ही बेहतर है! मैं इतनी सारी जगहें घूमा हूँ, वहाँ रहा हूँ। राँची के करीब भी हमारे कई-कई जंगल थे, इसलिए हममें से कौन, कहाँ का है—यह सब सोचना सीखा ही नहीं।"

"यह तो बहुत अच्छी बात है। खासकर आजकल के ज़माने में, जब इनसान देश का सवाल पूछे जाने पर, एकदम से चीखकर बता देता है कि वह किस बंगाल का निवासी है।"

"तुम नौजवान लोग काफी...क्या कहूँ...संकीर्ण मन के होते हो। नहीं, नहीं, बेसब्रे हो! अब, देखो न, अगर दुनिया के तमाम नेचुरलाइज्ड सिटिज़न यानी प्राकृतिक नागरिक अपने को परवासी समझने लगें, तो उन लोगों को भी कोई फ़ायदा नहीं होगा और जहाँ वे रहते-सहते हैं, उस जगह के प्रति भी न्याय नहीं होगा।"

हाबुल ईषत् हँस पड़ा।

"शिक्षा-दीक्षा राजशाही कॉलेजिएट स्कूल में! कुछ दिनों बहरामपुर के के.एन कॉलेजिएट स्कूल में। उसके बाद बंगवासी लॉ कॉलेज में! बंगवासी क्यों? एक बात और...एण्ट्रेस की परीक्षा देते-देते उन्नीस सौ सात हो गया! क्यों?"

"मुझे पीलिया हो गया था! पीलिया समझते हो? जिसे जाण्डिस कहते हैं। करीब छह वर्ष तक राँची में स्थित अपने मकान में रहा। उन्हीं दिनों घुड़सवारी करते हुए मैंने अपनी टाँग तोड़ ली, इसलिए मुझ पर लगाम कसने के लिए, मेरे बप्पा ने बूढ़न को भेजा। वैसे सच पूछो तो बूढ़न के बिना बप्पा का भी काम नहीं चलता था। बप्पा ज़मींदार तो नहीं थे, हाँ, जोतदार थे। लेकिन अपर क्लास में जगह बनाने के लिए उन्होंने चारों तरफ ढेरों ज़मीन-जायदाद खरीद ली थी। वैसे शिकार का झोंक भी बिल्कुल विशुद्ध था।"

"इससे आपको फ़ायदा हुआ।"

"भई, मैंने तो काफी कुछ उड़ा-पुड़ा भी दिया।" हरिकेश ने ईषत् सूखी आवाज़ में जवाब दिया, "क्या फर्क़ पड़ता है? वह, जिसे कहते हैं, किस्मत! वह किस्मत उनके पीछे-पीछे घूमती थी। वे भला क्या कर सकते थे? वे रुपये संचित नहीं कर सके। अब, उनका बेटा यानी मैं, बेटी के घर पर पड़ा हूँ, यह भी सच है। लेकिन हैरानी की बात है कि मुझे कभी मुसीबत में नहीं फँसना पड़ा। जब, जो ज़रूरत पड़ी, वह पूरी हो गयी। यह मकान भी मैंने उसे नहीं दिया, मेरी पत्नी ने दिया था।"

हाँ, उनकी पत्नी को उनके पिता ने दिया था। वह बूढ़ा, हरिकेश से भी अधिक घाघ था, जिसे कहते हैं, बाघ के ऊपर महाबाघ! हरिकेश ने काग़ज़-पत्तर देखा-परखा था। यह मकान किसी विधवा की सम्पत्ति थी, जिसे उन्होंने कुल चार सौ रुपये में खरीदा था। अब उम्र के आखिरी दौर में उन्हें इस मकान के एक हिस्से में रहना पड़ रहा है, बस, यही शर्म की बात है।

"विवाह सन् उन्नीस सौ सात में?"

"ओ येस! एन्ट्रेन्स की परीक्षा और विवाह, एक ही साथ सम्पन्न हुआ! बीस वर्ष की उम्र में! उसके बाद से ही मैं मुख्य रूप से कलकत्ता में ही रहने-सहने लगा। मेरे विवाह के कुछ ही दिनों बाद मेरे ससुर का निधन हो गया। बीवी की माँ उनकी इकलौती सन्तान थी। हम सब इस

मकान में तभी से निवास कर रहे हैं। वैसे, जिसे लगातार निवास कहते हैं, वह सम्भव नहीं था। मेरे पिता दुर्गाबाड़ी छोड़कर रहना नहीं चाहते थे। लेकिन चूँकि उनके दिमाग़ में यह बात घर कर गयी थी कि जोतदार होना कोई बड़ी बात नहीं है, उन्हें पूरी तरह भूमि-मालिक होना होगा, बस, इसी वजह से उन्होंने कई उलटे-सीधे काम कर डाले। मसलन-मुर्शिदाबाद के बेगमपुर में मकान ख़रीद लिया, जहाँ कभी, कोई रहने नहीं गया।"

लेकिन सतीनाथ का निधन बेगमपुर में ही हुआ था। सतीनाथ, मनोरमा, उन्नीस सौ बत्तीस! उन दिनों हरिकेश की उम्र पैंतालीस थी, लेकिन वे कितने भयंकर रूप से भड़क गये थे, गुस्से से बिल्कुल पागल हो गये थे। लोभ-प्यार परोपकार-खुशी की हर मनःस्थिति में वे आवेग से भर उठते थे और मानो उद्भ्रान्त हो आते थे।

"राँची में?"

"हाँ, उन्होंने राँची में भी घर खरीदा था। राँची के करीब ही पूरा एक जंगल-महाल भी। दैट राँची हाउस वाज नो गुड्, हाबुल! बिल्कुल काम का नहीं था। ऐसी सूखी जगह पर मशीन, फिर भी सीलनभरा! वहाँ किसी की भी सेहत ठीक नहीं रहती थी। मैंने वह घर दान कर दिया था, पता है?"

ना, हाबुल, सच बात मैं तुम्हें बता नहीं सका। वह जगह सिर्फ एक काम के लिए उपयुक्त थी! मरने के लिए वह जगह अच्छी थी। मोराबादी पहाड़ के करीब घर था, हाबुल! उफ! कितना निर्जन था वह मकान, मानो एक 'एकवा' हो! निःसंग-अकेले जानवर, जो बिल्कुल ही निचाट-अकेले रहते हैं, उन्हें 'एकवा' कहते हैं। तुम तो शहरी माहौल में पले-बढ़े छोकरे हो, किताबें पढ़-पढ़कर बड़े हुए हो। यह दुनिया इतनी बड़ी है। तुम विलायत-सिलायत भी घूम आये, क्या-क्या कुछ समेट लाये, उम्र भी कम थी, फिर भी जब प्यार का वक्त आया, तो प्यार कर बैठे, अपनी ही तरह और एक अच्छी-अधूरी, बीमार, डरपोक लड़की से! असल में तुम लोग कीड़े खाये, नष्ट, बनावटी इनसान हो। बाढ़ का पानी जब निकल नहीं पाता, एक जगह ठहरकर सड़ने-गलने लगता है, तुम लोग भी उसी जैसे हो! खुद भी सड़न झेल रहे हो और दूसरों को भी नष्ट कर रहे हो।

जंगल की भाषा में 'एकवा' किसे कहते हैं, यह तुम नहीं जानते, हाबुल। इसे जानने के लिए बदन के खून में आर.बी.सी काफी ताज़ा होना चाहिए। सात्यकी ने वहीं...उसी मकान में दम तोड़ा था। राँची के उस मकान के नजदीक जोड़ा पहाड़! उद्धत और बर्तुल! माटी फोड़कर ऊपर

उठा हुआ! काफी दूर पर ज्योतिरीन्द्रनाथ का पूजा-घर भी नज़र आता था। मोराबादी पहाड़ के ऊपर! हमारा मकान बिल्कुल निर्जन था। इतना निर्जन, इतना ज़्यादा निर्जन। बिल्कुल एकोवा! सात्यकी, एक गोलीविद्ध जन्तु की तरह ही भागकर यहाँ चला आया था और उसने अकेले-अकेले ही दम तोड़ दिया था।

अब वह मरा हुआ मकान है, हाबुल! मरे हुए पत्ते, बोगनबेलिया की प्रति पाँखुरी, सात्यकी पर बिछी हुई! मरी हुई! सुर्ख लाल-लाल! बेजान! मैं जानता था कि उस घर की ईंटें तक मरकर, बेजान हो चुकी हैं। लेकिन, सात्यकी क्या 'टोटल लॉस' था? पूरा-पूरा नुकसान? डोम ने जब कहा कि—"बाबू का कुर्ता हम लूँगा"—तो, मैं आतंकित हो उठा। हाँ, डोम! मेरे लिए सात्यकी को मुर्दाघर में रखा गया था।

"नो गुड्!" हरिकेश ने दोबारा मन्तव्य किया। उन्हें डर लगता था। अचीन्हे का डर। मृत्यु को वे अभी भी नहीं पहचानते थे। मरे हुए को देखने का मतलब मृत्यु की पहचान नहीं होती। इसलिए वे डरते थे। कितने ही लोगों ने कितनी बार उन्हें राँची चलने को कहा। लेकिन हरिकेश को लगता था कि निरापद की बात ही सच है। निरापद ने उन्हें बताया था—"चार बरस बाद, ताला खोलकर हम घर के अन्दर पहुँचे! अन्दर पहुँचते ही हम सीधे छत पर चले गये, बाबू! हम देखे कि सात्यकी बाबू उसी तरह लेटे हैं! गर्दन टूटी हुई!" उसकी आवाज़ में भय समाया हुआ था। अच्छा, निरापद क्या उन दिनों शराब या ताड़ी पीता था? वह जो आँय-बाँय भी बकवास कर सकता है, हरिकेश यह भूल गये थे।

हरिकेश के इस डर के बारे में निरापद की ज़ुबानी सुनकर, बूढ़न ठहाका मार-मारकर हँसता रहा।

"यह तू कइसी बात कर रहा है, रे निरापद! मुँह में आगी लगाकर, चुल्ली पर चढ़ने के बाद, हमने तो कउनो साले को नहीं देखा, जिसने चिता से उठकर तमाखू पीया हो।"

"उसके बाद?" हाबुल ने सवाल किया।

"बताता हूँ!" हरिकेश ने चेहरे पर से कई एक अदृश्य मक्खियाँ उड़ायीं। अदृश्य पसीना पोंछा।

वैसे उन्हें पसीना बिल्कुल नहीं आता था। स्वभाव से देवता या खूनी—इन दो किस्मों के इनसानों को पसीना नहीं आता। देह की मैल आसानी से नहीं निकलना चाहती। हरिकेश इन दोनों में से आखिर कौन थे?

"समझे, हाबुल, आज बार-बार मुझे बूढ़न की याद आ रही है! अप्रासंगिक रूप से ही!"

"लेकिन, अप्रासंगिक शायद नहीं है।"

"खैर, छोड़ो! हाँ, तो मैं क्या कह रहा था? हाँऽ, राँची का घर! जंगल-मुहाल! हमारी सम्पत्ति इतनी फैली-बिखरी हुई थी कि बप्पा को मेरा कलकत्ता में रहना ही सही लगा। बप्पा को बेटा एक था, बेटियाँ पाँच। कुल एक बेटे के लिए बप्पा ने काफी कुछ फैला लिया था। मेरी चचेरी दीदी के बेटे बेगमपुर में रहते थे, राँची में रिश्ते के एक चाचा। बप्पा को उम्मीद थी कि उनके एकाधिक बेटे होंगे। राजशाही के दुर्गाबाड़ी के पताकी चौधरी थे, तो क्या हुआ, वे राजा-बादशाहों की तरह सम्पदा और वंश बढ़ाते रहने में ही विश्वास करते थे। तुम विश्वास नहीं करोगे, अनगिनत लड़कियाँ खारिज करने के बाद, मेरे बप्पा ने ऐसी लड़की चुनी थी।

किसी बड़े ज्योतिषी ने जन्मपत्री की जाँच-परख करके बताया था कि वे अनेक पुत्रों की जननी बनेंगी। पताकी को ही नहीं, हरिकेश को भी क्या कम उम्मीद थी कि वे बहुत सारे बेटों की माँ बनेंगी। इस बारे में हाबुल को बताते हुए हरिकेश को लगा कि कभी उनके मन में भी ढेरों बेटों की आकांक्षा थी, यह बात अगर आज वे हाबुल को बताएँ, तो भी उसे यही लगेगा कि यह एक किस्म की अश्लीलता है। यह एक एनिमिक पीढ़ी है। या तो बाँस का यह सिरा पकड़कर झूलेगी या वह सिरा। सामंजस्य-बोध बिल्कुल नहीं है। या तो सँकरी पैण्ट पहनकर, महीन आवाज़ में बातें करते हुए, दुनिया-जहान सभी के लिए जगह छोड़कर दुबके रहे, वर्ना ऐसे फौजी बने रहे इत्ती-सी मशीन से इत्ती आवाज़ें और पटाखे फूटते देखकर सबके सब सन्न रह गये।"

"................"

जान-बूझकर हाबुल को निरुत्तर करने के लिए हरिकेश ने बातों की अगली कड़ी जोड़ी, "मुझे भी यही लगता था, हाबुल। मेरे ढेर सारे बेटे होंगे। मैं अपनी मर्ज़ी मुताबिक उन लोगों को पाल-पोसकर बड़ा करूँगा।"

"अच्छा, सच?" हाबुल ज़रा हँसा। उसके जूते के अन्दर जाने किसने तो डंक मारा। शायद चींटी थी।

गैस का चूल्हा बुझाकर निरापद जाने क्या लेने के लिए बीवी'दी के कमरे की ओर जा रहा था। बूढ़े की बात सुनकर उसे भी खिखियाकर हँसी आने लगी। कोई उससे क्यों नहीं पूछता? ढेरों क़िस्म के किस्से-कहानियाँ

तो वह भी सुना सकता है। वाकई उन्हें बेटे का चाव था। निरापद और बूढ़न से अक्सर कहा करते थे, "बेटों से भरे-भरे घर जैसा और क्या है, बताओ?"

वे दोनों पूछते थे, "खाएँगे क्या, बाबू?"

वे जवाब देते थे, "अरे, जो जुटेगा, वही खाएँगे। लोक-बल ही सबसे बड़ा बल है।"

और भी अच्छी-अच्छी बातें किया करते थे। वे बताते थे कि वे उन बच्चों के कमरे में जाया करेंगे। बूट के साग के अचार के साथ चाइना घास के दाने उबालकर खाएँगे।

लेकिन बूढ़न जब अपने बाल-बच्चों को अपने 'दोस्त' को दिखाने आया। (हरिकेश बूढ़न को 'मितवा' यानी दोस्त कहते थे! उनके शिकार का दोस्त), तब नंग-धड़ंग, तेल-चुपड़े, कृमि और सिवार का रोग झेलते, टेढ़े-मेढ़े पाँववाले बच्चों को देखकर, हरिकेश बदस्तूर सिटपिटा गये। निरापद भाँप गया था। उसे आज भी याद है।

हरिकेश को भी ठीक वही बात याद आ गयी। बूढ़न के बाल-बच्चों की याद! इतने निकष काले-काले, टोकरे जैसा फूला-फूला पेट—यह देखकर, उन्हें बाकायदा रुलाई छूटने लगी। ऐसे बच्चे ही क्या उनकी अक्षौहिणी सेना, अजेय फौजियों का झुण्ड हैं, जो इस संसार के वारिस बनेंगे? उनके साहब डॉक्टर ने तो कहा ही था—"दे शैल नेवर इनहेरिट द अर्थ, हैरी, विथ देयर बो लेगुस।" ऐसे बच्चे अपने टेढ़े-मेढ़े पाँवो के साथ कभी भी इस संसार के वारिस नहीं बन सकते। डॉक्टर ने यह भी कहा था—"अरे, इन बच्चों का इलाज करो, दवा पिलाओ, मैन! जंगल साफ कर डालो। इन सबको शराफत से जीने दो। तुम्हारे पास तो अथाह दौलत है।"

सच्ची, यह तो विचित्र साहब डॉक्टर है! हरिकेश को वह किसी हाल भी समझ नहीं सका।

हरिकेश से वह सवाल करता था, "तुम कहते हो, हज़ारों काम-काज के बावजूद तुम उन बच्चों को प्यार करते हो?"

"प्यार तो करता हूँ।"

"उन बच्चों के लिए बहुत कुछ करना चाहते हो?"

"हाँ, चाहता हूँ—"

सच ही चाहता हूँ। अपनी जान लुटा देना चाहता हूँ—मन ही मन आवेग से भरकर हरिकेश यह जुमला अक्सर ही दुहराते थे। यह डॉक्टर

उनके जीवन में बेगमपुर-बेतोल वाले अध्याय में आया था। बांग्लादेश के 'पोर्टमैनटो' उपन्यास में जैसे सबकुछ होता है, लहर-लहर में उत्तेजना, पन्ने-पन्ने में देशप्रेम-इतिहास-प्रेम में बेवफाई, आधुनिक 'इडिपस' बनकर, प्रिया से प्रतिशोध लेना! हरिकेश के जीवन में भी ऐसा ही घटा था। हरिकेश जीवन के उस प्रेम-अध्याय में, कई वर्ष भयंकर प्रेम में डूब गये थे। एक औरत के प्रति एक तरफा प्यार! पहाड़ की तराई के हाथियों की तरह, हरिकेश के जीवन में जवानी भी ज़रा देर से आयी और उस प्यार ने हरिकेश को चित्त कर दिया और उन्हें निगल गया।

साहब ने कहा, "इश्क करना चाहते हो देन गो ऐण्ड डू इट, हैरी। कौन रोकता है तुम्हें?" हाबुल से बात करते हुए उस वक्त हरिकेश को लगा कि उनके मन में जो चल रहा था, वह शायद किसी दिन भी सही ढंग से व्यवस्थित करके न बता पाएँ।

"हाबुल, ये सब अप्रासंगिक बातें हैं, चलो, छोड़ो।"

"अप्रासंगिक?"

"देखो, मेरी ज़िन्दगी इतनी फैली-बिखरी है, कहाँ तक, कितनी बातें तुम लिखोगे, हाबुल?"

"तो फिर...?"

"सुनो, जो-जो हाइलाइट्स लगे, उस बारे में पूछो।"

"आपकी ज़िन्दगी से जुड़ी एक बात पर मुझे अचरज होता है।"

"कौन-सी बात, बताओ तो?"

"कानून और साहित्य, इन्हीं दोनों के दम पर आप अपने ज़माने में मशहूर हुए थे, राजनीति तो ख़ैर सेकण्डरी यानी गौण विषय थी।"

"इसमें आश्चर्य करने की क्या बात है? माइकेल, अतुल प्रसाद, चित्तरंजन– सभी लोगों ने तो यही किया, बरखुरदार।"

"हाँ, सो तो है।"

"मैं जानता हूँ कि तुम क्या कहोगे, हाबुल! वैसे मैं तो उन लोगों जैसा ग्रेट नहीं हूँ। यह क्या है, जानते हो? यदि क़ानून और साहित्य, दोनों ही तुम्हारी नज़र में अगर इतना आकर्षक हो उठे, तो स्थिति कैसी बन जाती है, जानते हो? लाइक मैरिंग थ्री वुमेन! पत्नी-कानून और साहित्य! ये तीनों ही तुम पर दावा ठोंकते रहेंगे, तुम्हारी हड्डियाँ चूसते रहेंगे, हाबुल! चित्तरंजन वाज़ अल्टिमेट्ली मैरेड टु पॉलिटिक्स! अन्त में उन्होंने राजनीति से ही विवाह कर लिया। लेकिन बाकी लोगों ने भूल

की थी। हमारे ज़माने के हर आदमी का जिन-जिन विषयों में पैशन था, उस पैशन को अपने को ध्वंस करने दिया। उनका जीवन इसी में नष्ट हो जाता था, काफी खींचतान के बावजूद वे लोग दोनों सिरों को जोड़ नहीं पाते थे और अन्त में दम तोड़ देते थे। मैंने ऐसा नहीं होने दिया।"

"अभी भी, पैशन के हाथों अपने को बर्बाद होने देते हैं। अपने को घिसते-छीलते मरने देते हैं। जो लोग ऐसा करते हैं, वे लोग ही जी पाते हैं। एक मायने में उसे ही जीना कहते हैं।"

"ऐसा बहुत कम होता है, हाबुल! तुम लोग बेहद सावधान जीव होते हो। अपने को हिसाब से ख़र्च करते हो। लेकिन मैं ठीक-ठीक सावधान नहीं था। किसी भी तरफ मेरा कोई विशेष झोंक नहीं था। चाहे शिकार हो या थियेटर देखना हो, दोनों में मुझे बराबर की खुशी मिलती थी। असल में मैं अपने को ही सबसे ज़्यादा प्यार करता था। जैसा प्यार तुम लोग करते हो।"

"खैर, प्यार तो सभी करते हैं। वैसे इस प्रसंग में मेरा सवाल नहीं उठता, क्योंकि मैं सृजनात्मक कुछ नहीं करता। मैं तो रिपोर्टर हूँ।"

"वही तो! रिपोर्टिंग करते हो, मगर क्रिएटिव रिपोर्टिंग!"

"नहीं, नहीं! मैं किसी विषय के अन्दर तक नहीं जाता। विण्डो क्लीनर की तरह बस, खिड़की से झाँककर चला आता हूँ।"

"यानी तुम जुड़ते नहीं? मतलब अपने को बचाते हो।" हरिकेश मुस्करा उठे, "यह तुम लोगों के समय की खूबी है, हाबुल। समय ने तुम्हें जीना सिखा दिया है।"

"जी, जीना ही तो बड़ी बात है।"

"सुनो, टिके रहना और जीना एक ही बात नहीं है।"

"जी, हम सब इस वर्तमान समय की उपज हैं; इसी समय की सन्तान हैं। बस, किसी तरह टिके रहना ही, हमारे लिए काफी बड़ी बात है।"

"इनसान क्या तिलचट्टा होता है, हाबुल?"

"क्यों?"

"सृष्टि के आदिकाल से अनगिनत जीव-जन्तुओं का चेहरा-मोहरा बदलता रहा है। लेकिन, तिलचट्टा जस का तस टिका रहा। ज़रा सोच, एक तरफ सभ्यता और इतिहास ने क्या-क्या काण्ड कर डाला है। अलेक्जेन्द्रिया, निनेव, हड़प्पा के बारे में सोच। लेकिन, तिलचट्टे इस कदर चालाक और धूर्त होते हैं कि वे सब हमेशा नाले-नालियों के अँधेरे

में कूड़ा-कचरा खा-खाकर, छिपे रहकर टिके हुए हैं। तिलचट्टों ने दुनिया की अग्रगति के साथ अपने को नहीं जोड़ा।"

मारे गुस्से के हाबुल का गला सूख आया।

उसने धीमी आवाज़ में कहा, "देखिए, किसी बाहरी विण्डो-क्लीनर की तरह बाहर से हमारे समय पर मन्तव्य देना आसान है। पिछले बीस सालों से दुनिया की जो हालत है, मूल्यों का अवमूल्यन जिस रफ़्तार से हुआ है, हम सब अगर उसमें इन्वॉल्व हो जाएँ, तो क्या जी पाएँगे?"

"हाँ, सो तो है। वह बात मेरी समझ में नहीं आएगी।"

"बहरहाल, आप, अपनी बात करें।"

"अपनी बात?"

"चलिए, मैं ही बताता हूँ—"

"चलो, बताओ!"

"हाँ, तो क़ानून में आपने ज़बर्दस्त प्रैक्टिस जमा ली थी। साहित्य में भी! उस ज़माने में आपको ढेरों सम्मान भी मिलते थे! ढेरों अभिनन्दन भी किया गया आपका। अब, सच पूछें, तो..."

"मेरा लिखा हुआ कोई नहीं पढ़ता, तुम यही कहोगे न?"

"यह तो आप ही बताएँगे—"

"अरे, हाबुल", हरिकेश हँस पड़े, "आज के ज़माने में, लोग हमें—नवीन नहीं पढ़ते, कृष्णकमल भट्टाचार्य भी नहीं पढ़ते। और तो और, चौथी क्लास की किताब, 'पुरातन भृत्य' से लेकर बी.ए., एम.ए. में 'पंचभूत', 'रक्तकरबी' के अलावा, रवीन्द्रनाथ को भी, पढ़ने के सुख के लिए नहीं पढ़ते। उसकी तुलना में मैं क्या हूँ, हाबुल? बताओ?"

"यही...अतीत को यूँ अस्वीकार करना..."

"अरे, भई, हमारे ज़माने के कवि-लेखक होना काफी आसान था। गाँव-गंज में अख़बार निकलते थे। ज़मींदार भी उनके पेट्रन थे। वह तो मुझे ही पदक-वदक कुछ ज़्यादा ही मिले। लेकिन उस ज़माने में डिप्टी-मुन्सिफ भी रिटायर होते ही बण्डल-बण्डल साहित्य लिख मारते थे। इसके पीछे मनोविज्ञान क्या था, मालूम? चलो, मैं तुम्हें एक मज़ेदार क़िस्सा सुनाता हूँ। मेरे एक ननिया ससुर थे। अपने ख़र्च पर उपन्यास छपवा-छपवाकर ऑर्नल्ड बेनेट, रियर्सन वगैरह और भी कई-कई लोगों को भेज दिया। मुझसे कहा—डी एल राय, नवीन सेन, बंकिम—ये लोग भी सिविल सर्वेण्ट थे। मैं भी वही हूँ। मैं भी बी.ए. पास हूँ। फिर मैं भी क्यों न लिखूँ?"

"सच्ची?"

"हम लोगों को प्रचुर उत्साह भी मिलता था। बड़ी-बड़ी उपाधियाँ मिलती थीं। छोटे शहर, गाँव-गंज के लड़के घोड़ागाड़ी-बग्घी फूलों से सजाकर, हमें उस पर बिठाकर ले जाते थे। घर-बारी मालकिनें भइयादूज के दिन हमें दावत पर बुलाकर, माथे पर टीका लगाती थीं। रूपाजीवाएँ अपनी ज़िन्दगी की अश्रु-सजल कहानी लिख भेजती थीं! इन्फ्रेटेड ईगो! इसके अलावा हमारे अहम् को क्या कम हवा दी जाती? अनगिनत लोग अपनी गुप्त बातें लिख भेजने और आग्रह करते कि मैं इस पर कोई कहानी लिखूँ। हमलोग मानो भगवान थे, उन लोगों को अमर कर सकते थे।"

"रियली? और साथ-साथ लॉ भी जारी था?"

"हाँ! बड़े-बड़े मुकदमे लड़ता था। छोटे शहर-गंज में मुकदमा लड़ने जाकर, साहित्य-दिवाकर का खिताब भी ले आता। सच्ची, यह बड़ा हेक्टिक गेम होता है। बड़ा अच्छा लगता था, जब तक यह सब जारी रहता था। जितने दिनों यह सब जारी रहा, खूब अच्छा लगता था, हाबुल!"

"महज साहित्य के दम पर आप मशहूर हो गये?"

"ना!"

हरिकेश ज़रा थम गये। पानी पीया! अब, वे बारहों महीने गर्म पानी पीते थे, इसलिए पानी फ्लास्क में मौजूद रहता था।

"फिर?"

"बताता हूँ—"

"क्यों, परेशानी हो रही है?"

"नहीं, नहीं, परेशानी की क्या बात है? हालाँकि पहले मैंने तुम्हें सारी बातें नहीं बतायीं—"

"अब बताएँगे?"

"हमारी उम्र के लोग...विवाहित जीवन के बारे में कुछ नहीं बताते, हाबुल। लेकिन मैं अपने विवाहित जीवन में सुखी नहीं हुआ।"

"वे क्या बेहद साधारण थीं?"

हर रात गले में जरा दो-चार घूँट उड़ेलकर कविता लिखनेवाले हरिकेश! देउरी इस्टेट केस और राखा माइन्स केस के विजेता, मेधावी, कानून दाँ हरिकेश! हर दिन अनगिनत खत आते, अनगिनत यार-दोस्त आते थे। यह कहना फिजूल है कि उस ज़माने का जैसा रिवाज़ था, अदालत में, घर में हरिकेश हमेशा सजे-धजे रहते थे। वैसा ही ये बड़ी मूँछ रखते थे।

कहते हैं कि उनकी मूँछ देखकर बर्चहिल ने पूछा था—"हू इज दैट मैन, वाकिंग लाइक ए रोमन इम्परर?" रोमन शाहंशाह जैसा वह कौन जा रहा है? बीवी की माँ क्या हरिकेश की तुलना में अति साधारण थीं?

पैदल-पैदल आगे बढ़कर उन्होंने बाघ मारा था, यह भी सच है। चूँकि वे शिकार में माहिर थे, इसलिए जाने कितनी ही बार राजा-ज़मींदार उन्हें दावत देकर बुलाते थे; साहब-डी.एम. कहते थे—शिकार पर अगर चौधरी साथ गया, तो नहीं चलेगा। उनकी तुलना में बीवी की माँ क्या बेहद साधारण थी?

बीवी का शैशव कितना सुखद था, हाबुल ने सोचा।

"औरतों को समझ नहीं होती, हाबुल! उसे मैं अपने साथ बहुत जगह ले गया! लेकिन हैरत है, पति के सम्मान में उसे भी गर्व महसूस करना चाहिए था।"

लेकिन ऐसा नहीं हुआ। उसकी छोटी-सी छरहरी देह में कितना असम्भव प्रतिरोध बसा था। उसकी जन्मपत्री में बहु-पुत्रों को इस दुनिया में लाने की प्रतिश्रुति थी। लेकिन कई मृत सन्तानों को जन्म देने के बाद, यही एक अभागी बेटी को दुनिया का मुँह दिखाकर, वह शान्त हो गयी। इस करतूत के लिए, हरिकेश ने उस औरत को कभी पश्चात्ताप करते हुए भी नहीं देखा। औरत अगर अच्छी सन्तान की माँ न बन पाये, तो उसके जीते रहने का भला क्या फ़ायदा? बताओ! सुयोग्य, बलिष्ठ, वीर सन्तान चाहिए। मगर चूँकि ऐसा नहीं हुआ, इसलिए तो यह दुनिया अवांछित लोगों से भरती जा रही है। लेकिन बीवी की माँ इस बारे में सिर ही नहीं खपाती थी। यहाँ तक कि एक बार ठुड्डी पर उँगली रखे-रखे, हरिकेश की बातें सुनते-सुनते, ऐसा एक जुमला बोल गयीं—"तुम और एक विवाह क्यों नहीं कर लेते?"

हुँहः और एक विवाह!

हरिकेश के समसामयिक एक दल साहित्यकार ऐसे भी थे, जो लोग केवल औरतों के दुःख से ही अभिभूत होते थे। कौन औरत विधवा हो गयी, किसका बेटा सर्प-दंश का शिकार हो गया, क्यों किसी ग्राम वधू के पति ने दो-दो ब्याह किया, इन्हीं सब पर वे लोग लम्बी-लम्बी कविताएँ लिखा करते थे। छोटे शहर-गंज के अख़बारों में वे सब रचनाएँ प्रकाशित होती थीं। पांडुलिपि पर भी कभी-कभी लेखकों के आँसू झर पड़ते थे और वही देखकर अन्दाज़ा लगता था कि एकमात्र आँसू-ग्रन्थि में ही गुदगुदी

लगते ही, वे लोग कविता लिख मारने में सक्षम थे।

हरिकेश को उन लोगों पर हँसी आती थी। बड़ी-बड़ी मूँछोंवाले, भारी-भरकम जूते पहने, कन्धे पर दुपट्टा डाले हुए, इन कवियों को देखने में उन्हें ख़ासा मज़ा आता था।

लेकिन, वे खुद? खुद तो वे औरतों के दुःखमोचन हज़ारों संगठनों को चन्दा देनेवाले सदस्य थे, औरतों की अनगिनत सभाओं में सभापतित्व करने के लिए, वे दौड़े चले जाते थे। एकाधिक विवाह के दुष्परिणामों के बारे में भी कम नहीं लिखा। उस ज़माने में अनेक भद्र-सन्तानें ऐसी करतूत करते थे।

वही हरिकेश दूसरा विवाह करते?

बीवी की माँ ने कहा, "हमारे दामाद ने तो दूसरा विवाह किया है। ऐसा हो सकता है, इस बात से तो तुम भी अनजान नहीं थे। खोज-ख़बर लेते, तो तुम्हें पता चल जाता। तुम भी कर लेते, दूसरा विवाह! मरद-मानस की चालीस-बयालीस की उम्र भला ऐसी क्या उम्र है?"

अगले ही पल बीवी की माँ अपना बाल सँवारने लगीं। उनके बाल ज़रा ललछौंहे थे। फूले-फूले! पतले-पतले!

बाल सँवारते सँवारते उन्होंने फिर कहा, "सुनो, मैं बिल्कुल बुरा नहीं मानूँगी।"

हरिकेश का मन हुआ कि वे हाबुल को सारी बातें बताएँ—हाबुल, औरतें, मर्दों को तोड़-फोड़ डालती हैं, बिल्कुल निकम्मा बना देती हैं। वे लोग जिससे नफरत करती हैं, उसके साथ आराम से साल-दर-साल, सालों साल रहती-सहती हैं और जिसे प्यार करती हैं, उसे तोड़-मरोड़ डालती हैं, हाबुल! उसके बाद हाहाकार करके विलाप करती हैं।

हाबुल ठुड्डी पर हाथ रखे, उनकी तरफ एकटक देखता रहा! उफ! कितना अनकुस लगता है! बेतरह झुँझलाहट होती है। यूँ नज़रें गड़ाये, स्थिर आँखों से उन्हें देखता रहे, उन्हें बिल्कुल पसन्द नहीं है। सात्यकी भी उनकी तरफ एकटक देखता रहता था! उफ! उफ! सात्यकी कितनी फिजूल ढंग से खर्च हो गया। बेवजह! फिजूल ही खर्च हो गया। आज भी हरिकेश के मन में उस नुकसान का दर्द, श्मशान के अहाते में हरहराकर बहनेवाली चैती वाताश की तरह हहरती रहती है।

मनोरमा भी उनकी तरफ इसी तरह थिर निगाहों से देखती रही थी। सतीकान्त सेन की मृत देह के उस पार से! उनके बीच में एक

क्रान्तिकारी, देशभक्त की बेजान देह पड़ी हुई थी! वे दोनों आर-पार खड़े थे। उनकी तरफ देखते-देखते मनोरमा की आँखों पर पर्दा पड़ गया, आँखें गूँगी हो आयीं। अगले ही पल अक्षि-गोलक, आँखों की पुतली नज़र आयी। पलकें! भौहे! लेकिन सबकी सब गूँगी! होंठ चिपके हुए। अब, ढेरों वर्षों के व्यवधान के बाद, उन आँखों की याद आते ही, हरिकेश परेशान हो उठते हैं।

"अब, और क्या बाकी बच रहा, बताओ, हाबुल?"

"आप कहते रहें।"

हाबुल अब थकान महसूस कर रहा था। इस तरह की थकान उसे आसानी से आने लगती है। तब वह डॉक्टर कोनार के प्रेस्क्रिप्शन मुताबिक हरे रंग की टैबलेट निगल लेता है और उसका मन प्रफुल्लता से भर उठता है। वैसे डॉक्टर कोनार ने दवा खाने की आदत डालने से मना कर दिया था, लेकिन हाबुल उनकी मनाही का अक्सर उल्लंघन कर देता था। आजकल अक्सर ही वह अपने को बन्दी-बन्दी महसूस करने लगा है, मानो अपने अन्दर ही हाबुल किसी जाल में फँसा, बँधे हाथ-पैर की मुद्रा में पड़ा रहता है। ऐसी हालत में एक अदद हरी टैबलेटा किस हद तक मुक्ति का स्वाद देती है, शरीर में कितनी प्रफुल्लता भर देती है, हाबुल किसी को समझा नहीं सकता।

इसके अलावा जिन लोगों ने वाणी को पाप का भय दिखाया है, उनमें हरिकेश भी एक हैं। बे-चा-री वाणी! उसके पिता तो अमानुष थे। बाबू ने भी उसकी माँ को काफी तकलीफ दी है। वाणी की भाषा में वे लोग पापी हैं। उसके बाद से ही वाणी को जब अहसास हुआ कि हाबुल का प्यार भी एक और भयंकर पाप है, तभी से वह घर छोड़कर भाग खड़ी हुई। मानो भाग जाने से बचाव हो सकता है। मानो भागते-भागते बहुत दूर निकल जाने के बाद भी, किसी न किसी समय पकड़े जाने का अन्देशा नहीं रहता।

"हाबुल, अब मैं और क्या बताऊँ?"

हाबुल ने अपने मन से सारी कमजोरी झाड़कर फेंक दी। हरिकेश को अब, बचाये रखकर चलते रहने में कोई फ़ायदा नहीं है। बूढ़ी उम्र का यह इनसान कुछ-कुछ झूठ के साथ मर नहीं पाएगा। वैसे यह भी काफी दुख की बात है। लेकिन हाबुल के करने के लिए कुछ भी नहीं है। बीवी की ज़ुबानी उन्हें यह कबूल करना ही पड़ेगा और समझना होगा कि सिर्फ

उन्हीं की वजह से इस घर में कभी सुख नहीं आया। अब, वाणी का सवाल बीवी के लिए सबसे बड़ा है और बीवी के गोरखधन्धे जैसे जटिल मन में यह धारणा बद्धमूल हो गयी है कि हरिकेश जैसे ही सारी बातें कबूल कर लेंगे, वाणी के सुखी होने का मानो कोई संयोग आ पहुँचेगा।

इसके अलावा, मनोरमा सेन का खत! दुनिया में कहीं, कुछ भी नहीं मरता। बात चाहे जितनी भी पुरानी हो, कहीं, किसी कोने से अतीत का भूत सिर उठाता ही है। एक पुरानी, लगभग भुला दी गयी राजनीतिक हत्या! लेकिन जाने कहाँ तो इसका एक और बयान दबा पड़ा था। इतने वर्षों बाद, हरिकेश के जन्मदिन का जश्न नष्ट कर देने के इन्तज़ार में था।

"अब, क्या बताऊँ, हाबुल?"

यू ओल्ड मैन!—हाबुल मन ही मन सोचता रहा। इस वक्त उसे दुःख हो रहा था। शर्म आ रही थी। मानो उसने उत्सव में सजी-सजायी मूर्ति के बदन से कपड़े उतार लिए हों! वह इतना गन्दा, इतना गलीज है। वह इतना असभ्य है कि पत्थर की मूरत के चेहरे पर कीचड़ उछाल रहा है। लेकिन असभ्यता, गलीजपन तो वह हरदम ही करता रहता है। चाहे इच्छा से या अनिच्छा से, किसी न किसी समय उसे इतर होना ही पड़ता है। अगर वह खुद ऐसा नहीं करता, तो कोई उससे करा लेता है।

"देखिए, हम काफी देर से बैठे हैं, काफी सारी बातें हुईं। आपके बारे में जानने लायक बहुत सारी बातें मेरी फाइल में दर्ज हैं। राजनीति से एक प्रच्छन्न सम्पर्क ने आपको एक अलग लोकप्रियता दी, अगर यह कहा जाए, तो गलत नहीं होगा।"

"हाँ, बेशक! बेशक! हाबुल!"

"आपका यह सम्पर्क शुरू-शुरू में सतीकान्त के माध्यम से ही हुआ था न?"

"हाँ, सती मेरे स्कूल-कॉलेज का दोस्त था। उसके साथ राजनीति का कितना सम्पर्क था, शुरू-शुरू में मैं नहीं जानता था। लेकिन एक बंगाली होने के नाते, स्वभावतः ही मेरी गहरी सहानुभूति थी, हाबुल! इसके अलावा जब मेरी उम्र सच ही काफी कम थी, तब हम सब राजनीतिक ट्रायल देखने जाया करते थे! इस बारे में पढ़ा करते थे और बूढ़न को भी मत भूलो—"

"बूढ़न?"

"हाँ, हमारा पुराना ट्रकर! हमारा पुराना दोस्त था। बूढ़न के दादा

चम्पारन, बिहार में, नील कोठी के अंग्रेजों की ज़मीन पर धान की फसल-दखल के बारे में लड़ते हुए, अंग्रेजों की गोली खाकर मर गया। बूढ़न के पिता ने और ज़्यादा भयंकर काम किया था, हाबुल! देश छोड़कर भाग आने के बाद, हम जैसे लोगों के यहाँ आश्रय लेते थे।"

"उसके बाद?"

"मैं देउरी इस्टेट का केस लड़ रहा था। मेदिनीपुर उन दिनों मयमनसिंह के बाद बंगाल का दूसरा विशालतम ज़िला था। बंगाल और उड़ीसा के बीच भी मेदिनीपुर! बंगाल और छोटानागपुर के बीच भी मेदिनीपुर! इन सब इस्टेट के लिए, छोटा नागपुर के कमिश्नर ही भारत सरकार के प्रतिनिधि थे। वे राँची में रहते थे। यह देउरी इस्टेट सिंहभूम में था। सिंहभूम के हो या लाड़काकोल या लड़िया कोल की आबादी थी, जिन लोगों को तुम दुनिया के आदिमतम कम्युनिस्ट कह सकते हो। वे लोग धरती के आदिम आदिवासी थे। वे लोग आदिम लोग थे, मार्क्स के जन्म के बहुत वर्षों पहले से ही वे लोग कम्युनिज्म का अभ्यास करने लगे थे।"

"वह कैसे?"

"राँची के विरसा मुण्डा के विद्रोह के बारे में एक रिपोर्ट मैंने देखी थी। राँची के मुण्डा, मानभूम के भुइँया और लाड़काकोल, मूल रूप से एक थे। वे सभी मुण्डा थे। अंग्रेजों के आगमन के बाद, वे बिखर गये और उन लोगों ने भिन्न-भिन्न नाम ग्रहण कर लिया। विरसा मुण्डा क्या चाहता था, इस बारे में एक इश्तेहार भी तैयार किया गया था। मैंने उसकी एक पुरानी प्रति राँची में देखी थी, हाबुल। एक रिटायर्ड पुलिस-सुपर के घर पर मुझे वह प्रति मिली थी। लाड़का कोल और विरसा मुंडा के अनुयायी–सभी प्रिमिटिव कम्युनिज़्म में विश्वासी थे।"

"हाँ, हाँ, बताएँ!" बूढ़ा हो जाने के बाद इनसान का मन सुव्यवस्थित नहीं रहता, हाबुल को यह भी ख़याल आया।

"सो नाइस, हाबुल! हाँ, तुम कह सकते हो कि वह इश्तेहार देखते-देखते मैं भावावेग में आकर रो पड़ा था। एक मरी हुई क्रान्ति! मरे हुए लोग! लेकिन वीर-साहसी लोग! वाईस! वह काग़ज़ भयंकर पीला हो चुका था। मैंने पूछा भी था–"यह क्या किया है? यह तो सन् 1899 की क्रान्ति की कहानी है। तुमने इसे रख छोड़ा है?" इस्माइल हँस पड़ा, "काफी दिलचस्प है न?" मैंने उससे दरयाफ्त किया, "यह काग़ज़ तुम्हें मिला कहाँ?" उसने बताया–"बिरसा और अनपढ़ लोगों के पास!"

मैंने अगला सवाल किया, "तुमने बिरसा को देखा है?" उसका जवाब था—"हाँ! इस इनसान में असम्भव डिगूनिटी थी! अतिशय आत्मसम्मान। कद-काठी से वह लम्बा-चौड़ा नहीं था, बट ही हैड द डिगूनिटी ऑफ द ओल्ड किंग्स ऐण्ड एम्पायर्स! राजा-बादशाहों जैसा! उस काग़ज़ में क्या लिखा था, जानते हो, हाबुल?"

"....................."

"याद रहे, इससे पहले मुण्डा, लाड़का-कोल, हो, भुइँया लोगों द्वारा कई-कई बगावत हो चुकी थी। उस वक्त मैंने देखा कि उन लोगों के विद्रोह को किसी ने रिबेलियन कहा, किसी ने बगावत और किसी ने रिवोल्यूशन! अब, उसे चाहे जो भी नाम दो, सच तो यह था कि उनमें से प्रत्येक ही विद्रोह था। वह विद्रोह क्यों हुआ था, जानते हो?"

"हाँ, शायद जानता हूँ।"

"तुम यह नहीं जानते कि वे लोग भारतवर्ष के आदिमतम आदिवासी थे। वे लोग ही पहले कम्युनिस्ट थे। तुम जानते हो, जहाँगीर के शासनकाल में, इन लोगों ने पहली बार सरकार को कर दिया? इससे पहले, लाखों बरस से इन लोगों ने कोई कर नहीं दिया था। उसके बाद भी वे लोग वन-जंगल में रहा करते थे, मामूली-सा टैक्स देते थे। इसके अलावा एक अद्‌भुत ढंग की भूमि-प्रणाली का अनुसरण किया, जिसकी तुलना तुम्हें और कहीं नहीं मिलेगी। इश्तेहार में यह सब कुछ लिखा हुआ था, हाबुल! उसमें लिखा था—मिट्टी कोई साथ लेकर नहीं आया, कोई साथ लेकर कहीं जाएगा भी नहीं। माटी उसकी, जो उस पर खेती करता है। उस इश्तेहार में यह भी लिखा था कि हम सबने पत्थर-सरकण्डों का जंगल काटकर रहने के लिए बस्तियाँ बनाकर रहते हैं। खेत, बस्तियों पर हमारा अधिकार इस प्रकार है—ज़मीन के ऊपर जो फलेगा-फूलेगा, उन सब पर हमारा अधिकार, ज़मीन के नीचे जो कुछ होगा, उस पर तल-स्वत्व हमारा, पहाड़ के ऊपर-नीचे, नदी के ऊपर-नीचे जो कुछ भी है, सब हमारा है। कोलहान! यह कोल-भूमि हमारी है! हमारी है! हमारी है! क्योंकि हमने ही धरती को पहली बार आँखें दी हैं। उस काग़ज़ में यह भी लिखा था—जो एक जन का है, वह सबका है। सारे धान एकत्र करेगा—समाज! सबको खाना-कपड़े देगा-समाज!"

"यह कितने पहले की बात है?"

"यह सन् 1899 की बात है। लेकिन, हाँ, उन लोगों के हर विक्षोभ

में यही एक बात रहती थी। वैसे मैं इतनी बातें क्यों कर रहा हूँ?"

"वह देउरी स्टेट का किस्सा?"

"ओ हाँ, देउरी! ख़ासा लम्बा-चौड़ा इस्टेट था! राजा के साथ कमिश्नर की बनती नहीं थी। उस ज़माने में सर्दी के मौसम में ये कमिश्नर इन सब इस्टेट में टूर पर आते थे। साथ में एक रेटिनिउ भी आती थी। पूरा लाव-लश्कर! इस कोलहान, कोलभूमि में वे लोग सुरक्षा का कड़ा बन्दोबस्त किये बिना एक कदम भी नहीं हिलते थे। हाथी पर जाना पड़ता था। साथ में कैम्प और कामगार तथा फौज चलती थी। खर्च देना पड़ता था इस्टेट को! देउरी के राजा साहब ने नाच-गान, आतिशबाज़ी, खाना-पीना—सारा इन्तज़ाम किया, लेकिन कमिश्नर को अपने राजमहल में नहीं बुलाया, न खुद भेंट करने गये। उन्होंने कहा था, उनको गुरु-वियोग हुआ है और इस मातम के दिनों में किसी विधर्मी का मुँह देखने का रिवाज़ नहीं है। जाहिर है कि यह बात काफी तोड़-मरोड़कर बिल्कुल दूसरा रंग देकर, कमिश्नर साहब के कानों में फूँकी गयी। इसके बाद, सीमा-जंगल को लेकर फिर कोई तनातनी छिड़ गयी। जब राँची मैंने राजा के देशी एजेण्ट से भेंट की, तब देउर की मिल्कियत को लेकर काफी भयंकर गड़बड़ी और तनाव चल रहा था। राजा का निधन हो चुका था। वे अपने जिस बेटे को राजा बना गये थे, उसके सौतेले भाई और सौतेली माँ ने नालिश ठोंक दिया था कि बुढ़ापे में राजा को अफीम-सेवन की लत पड़ गयी थी, उसका दिमाग़ ख़राब हो गया था, इसलिए उसका चुनाव वैध नहीं है।"

"आपको बुलाया गया था?"

"हाँ, मुकदमे के सिलसिले में बुलाया जाना, कोई बड़ी बात नहीं थी। मगर यहीं सती से मेरी भेंट हुई थी। अपने सतीकान्त सेन से। मैंने देखा मेरा सहपाठी सती सेन यानी सतीकान्त, देउरी में, जिनकी तरफ से मैं मुकदमा लड़नेवाला था, उसी युवराज के बेटों का ट्यूटर बना बैठा हुआ था। मैं उसके घर पर ठहर गया। उसी ने मुझे अपने ग्रुप के बारे में बताया। उसने कहा—तेरा भी घर राजशाही जिला में है। राजशाही का भी ग्रुप पुलिस की फाइल में दर्ज़ था, यह बात भी मुझे सती ने ही बतायी, मैंने उससे दरयाफ्त किया कि तू यहाँ क्या कर रहा है? उसने जवाब दिया कि दक्षिणेश्वर बम-केस के बाद, मेरा कलकत्ते में रहना ठीक नहीं था, इसलिए मैं यहाँ चला आया।"

"सन् 1926 में?"

"हाँ, देख रहा हूँ कि तुम्हें याद है, मैंने उससे पूछा—यहाँ आकर तू क्या कर रहा है? उसने बताया कि यहाँ मैं कामकाज कर रहा हूँ। तुमसे सम्पर्क करने का मुझे पहले भी ख़याल आया था, भइये। अब तो तुम लब्धप्रतिष्ठ व्यक्ति हो। रुपये पैसे कमा रहे हो। तुम हमारी मदद कर सकते हो। बाद में मेरी समझ में आया कि चूँकि मुझे शिकार का चस्का था, इस वजह से मेरे साथ साहब लोगों और बड़े-बड़े अफसरों की खासी जान-पहचान थी और यह बात सभी जानते थे। हमारा राँची का मकान, बेतोल की कोठी, बेगमपुर का घर—एक-एक जगह एक-एक आस्ताना, सती और उनके साथियों को लगा था कि काफी काम आ सकता है। मेरी ज़मीन-जायदाद सरकार या पुलिस झट से सर्च नहीं करेगी।"

"उन्नीस सौ छब्बीस! इतने दिनों बाद? मेरा तो ख़याल था..."

"कि मैं इससे पहले से ही राजनीति कर रहा हूँ? नहीं, नहीं! मेरी सहानुभूति तो हमेशा से ही थी। मैं रुपये देकर मदद करता था, किताबें छपवाने में सहायता करता था। नहीं, कोई खतरनाक किताब नहीं होती थी, हाबुल! अब मुमकिन है कि तुम लोगों को हँसी आये, लेकिन हम लोग उन दिनों गाँव-गाँव में, छोटे शहरों और गंज में पुराने मन्दिरों के उद्धार में या लड़कियों के लिए स्कूल बनाने में या खूबसूरत स्वदेशी शिल्प खड़ा करने में कितना उत्साह महसूस करते थे, वह तुम नहीं समझ पाओगे। वैसे मैं किसी भी काम में सक्रिय नहीं होता था, बस, जब जो माँगता था, रुपये दे देता था। सिर्फ इतने से ही कितना सुनाम मिलता, सभी धन्य-धन्य करते—यह तुम लोग नहीं समझोगे।"

"नहीं! हमारे लिए समझना मुश्किल है।"

"सती जानता था। मैंने भी सती से कहा कि भला मैं क्या मदद कर सकता हूँ, तू ही बता। मेरा तो एक निजी जीवन भी है, भइये! रुपये खर्च करना, मुझे अच्छा लगता है, पहीन सूत के अलावा मैं और किसी किस्म की धोती नहीं पहनता। सर्दी के मौसम में थियेटर मैं देखता ही देखता हूँ। साल भर में न सही, दो साल में एक बार शिकार पर निकल पड़ता हूँ। आइ एम नॉट योर मैन!"

सतीकान्त के नहीं थे, तो और किसके थे? हाबुल के मन में सन्देह जाग उठा। हरिकेश शायद हमेशा ही हरिकेश के ही रहे, अन्य किसी के नहीं हो पाये।

"इसके अलावा तुम लोगों में इतने-इतने दल हैं, इतने मतान्तर हैं

और मैं ऐसे भी व्यस्त इनसान ठहरा, सती। जब ज़रूरत पड़ी, तो क्या मैंने तुम लोगों की मदद नहीं की? मैं ज़रा क्षुब्ध हो उठा, क्योंकि तीन वर्ष पहले, नैहाटी के कमल राय और फरीदपुर के माखन दत्त को जब मालाबार जेल ले जाया गया, तब मैं ही उन दोनों के पक्ष में लड़ा था। गृह-बन्दियों के परिवारों की मैंने कम मदद नहीं की। वैसे उन लोगों की मदद की इसके लिए मुझे आज भी कोई अहंकार नहीं है। मेरी आमदनी का काफी बड़ा हिस्सा, मेरी बिना किसी कोशिश के, स्वर्गीय पताकी चौधरी की दूरदर्शिता का परिणाम था। लेकिन वह रुपया, अलग ढंग के दान में, गैर-ब्राह्मणों को भी जा सकता था, लेकिन कुछेक अच्छा काम हो रहा था, सो फार सो गुड़!"

"सती सेन ने क्या कहा?"

"सती ने कहा—तुम्हें आगे बढ़कर किसी को डिफेन्स नहीं करना होगा। तुम सिर्फ एक तरह से हमारी मदद कर सकते हो। बेगमपुर में तुम्हारी एक कोठी है न? बेगमपुर इज सो नीयर नॉर्थ बंगाल! उत्तरी बंगाल के बिल्कुल करीब है। पद्मा नदी पार करते ही रामपुर बोआलिया! मैंने पूछा भी—क्यों? उसने जवाब दिया—हथियार रखने के लिए! तुम्हें अपने पुराने लोगों को वहाँ से हटाना होगा! वे अस्त्र बहुमूल्य हैं। मैंने पूछा—वहाँ रहेगा कौन? उसने छूटते ही जवाब दिया—मैं! मुझे हँसी आ गयी। पेट का रोगी, बँटी हुई रस्सी-सा सती सेन! जो बन्दा कविराजी चूरन न फाँके, तो उसे डकार आने लगती है, वह अस्त्र-शस्त्र की निगरानी करेगा? हँसना चाहकर भी मैं खामोश रह गया।"

असल में सती सेन की आँखों में एक किस्म की उन्मत्तता सुलगती रहती थी! उन्मादी आँखें! उन्मत्तता! किसी भी किस्म के प्रबल उन्माद से हरिकेश को डर लगता था। हरिकेश शिकारी जीव थे। शिकार का मतलब है, ठण्डा दिमाग़, सतर्क नज़र, सावधानी, हरिकेश खुद उन्मत्त होते थे। वे मत्त होने, बह जाने के नतीजे जानते थे। इसीलिए क्या वे किसी दूसरे को उन्मत्त होते देखकर डर जाते थे?

"आप क्या राज़ी हो गये?"

"बिल्कुल! जब वह कह रहा था, वह मेरा दोस्त था, मैं उसकी बात टाल नहीं सकता था। इसके अलावा इसमें मेरा कोई नुकसान नहीं था। मेरे अपने भी सपने थे, हाबुल। फिर सतीकान्त और उसके साथियों के मन में सपने क्यों न होते? ऑल बंगाल आर्म्ड अपराइजिंग! यह सही था

या गलत, अच्छा था बुरा, यह कहनेवाला मैं कौन था?"

"अंग्रेज साहब आप पर भड़क सकते थे।"

हरिकेश की आँखें, पुराने शिकारी दिनों की तरह सर्द और भयानक हो आयीं। मानो उन्होंने कोई साँप या ज़हरीला कीड़ा देख लिया हो।

अगले ही पल उन्होंने और अधिक सर्द और विकृत आवाज़ में पूछा, "व्हाट डिड आइ केयर फॉर देम, हाबुल? तुम कहना क्या चाहते हो?"

"आपसे उन लोगों का...?"

"हम पुराने ज़माने के रोमाण्टिक राजनीतिज्ञ हैं, हाबुल! आजकल की तरह से दो मुँह से दो किस्म की बातें करना, हमने नहीं सीखा!"

"आप तो भड़क गये—"

"उन लोगों में बहुतेरे शिकार के खेल में, मेरे साथी थे। बहुत बाद मैंने उन लोगों के लिए शिकार का इन्तज़ाम किया। जो-जो मुझे अच्छे लगते थे, उन्हीं के साथ मैंने दोस्ती की। वह भले मिशनरी डॉक्टर हो या और कोई! लेकिन एक भारतीय होने के नाते उन दिनों सभी लोग जैसे सोचते थे, वैसा मैं भी सोचता था।"

"यानी सतीनाथ सेन से ही आपका कॉण्टैक्ट था?"

"हाँ!"

"जिन लोगों को जानना था, बस, वे लोग ही जानते थे और इसी सम्पर्क के परिणामस्वरूप आपको एक अलग तरह की लोकप्रियता मिली?"

"हाँ, कह सकते हो।"

"बेगमपुर में इसी सतीकान्त सेन ने आत्महत्या की थी?"

"अगर वह दुर्घटना नहीं हुई होती, तो उसे शायद आत्महत्या ही करनी पड़ती—"

मनोरमा की आँखें! मनोरमा की सूरत! बीच में सतीनाथ की मृत देह! इतनी छोटी-सी देह से भला इतना खून बह सकता था? हरिकेश उस दिन भी विस्मित हो उठे थे। इनसान के तन-बदन में कितना खून होता है? कितने गैलन या कितने सेर, उस दिन हरिकेश यह हिसाब भी मानो भूल गये थे। मनोरमा की युगल आँखें निहारते-निहारते उन्हें मानो कुछ भी याद नहीं रहा।

हाबुल ने कहा, "दुर्घटना! आत्महत्या! सभी लोगों को सिर्फ सरकारी बयान की जानकारी है। अब, पैंतीस वर्ष बाद, इसकी जानकारी कैसे मिलेगी?"

इस देश की जलवायु, आर्द्र, उष्ण है, वस्तु और उपादानों के लिए

क्षयकारी है। हाबुल को भूगोल में पढ़ा हुआ पाठ याद हो आया। इस देश के जल-वाताश में ट्रुथ या सत्य पहले मर जाता है। हर घटना का सच्चा चेहरा बदल जाता है और कहानी-किस्सों जैसा चेहरा टिका रहता है। यह कहानी-किस्सेवाला चेहरा ही हमें पसन्द है। इस मामले में किसी पुराने मृत्यु-संवाद को अगर छुरी से चीरकर देखें, तो कितना-सा सच निकलेगा?

"हाँ, तो क्या जानकारी मिलेगी?" उन्होंने सवाल किया।

"मनोरमा सेन के बारे में!"

"कौन-सी बात? मनोरमा ज़रा तपाकी, ज़रा बावली ज़रूर थी...शोक-ताप में..."

"लेकिन वे जो कह गयी हैं, उसका जवाब एकमात्र आप ही दे सकते हैं। वे दोनों तो मर चुके हैं।"

"तो?"

"मनोरमा सेन कह गयी हैं कि सतीनाथ की मौत की वजह आप ही हैं! वे आपको ही जिम्मेदार ठहरा गयी हैं।"

कुछ देर दोनों, एक-दूसरे की आँखों में पढ़ते रहे।

"मनोरमा सेन को मैं उसके छुटपन से ही जानता हूँ। कहना चाहिए बहुत पहले से ही..."

"वे आपको ही जिम्मेदार ठहरा गयी हैं।"

"मुझे?"

"जी-हाँ, आपको!"

अब धीरे-धीरे हरिकेश को साँस की तकलीफ उभर आयी। धीरे-धीरे उनकी हँफनी जाग उठी। औरतें इतनी क्षमाहीन होती हैं। हरिकेश बाबू ने औरतों में करुणा और ममता देखी है, जिन औरतों में उन्होंने यह सब देखा था, उन लोगों के प्रति उनका कोई खिंचाव नहीं था। बेदाना दासी उन्हें महामानव कहती थी। उन्हें सिर्फ एक बार भर नज़र देखने के लिए, मेदिनीपुर बार्ज हत्याकाण्ड के फौरन बाद ही कई-एक काग़ज़-पत्तर वह अपने घर में छिपा रखने के लिए राजी हो गयी थी। बेदाना दासी! एक मामूली वेश्या! उसका दूर से ही यूँ पूजा करना भी हरिकेश को भला लगता था। उतने दिनों में प्यार के बुखार ने उनके मुँह का स्वाद कड़वा कर दिया था। ज़िन्दगी में जीने का सुख काफी कुछ नष्ट हो चुका था। मामूली-सी वेश्या के अनुराग में उतने दिनों में उनका कितना-सा विराग कायम रह सकता है? और यह दूर-दूर से भक्ति करना! उनके मन का

एक हिस्सा मर चुका था। अधमरे एक इनसान में आखिर कितनी रुचि... कितना चाव बचा रह सकता है? उस पर से उनके जैसे वंचित इनसान में!

जिन औरतों से उन्होंने माफी माँगी थी, वे थीं–बीवी की माँ, बीवी और मनोरमा! उन लोगों ने उन्हें माफ नहीं किया। हाँ, शालिनी ने ज़रूर उन्हें माफ मर दिया था। लेकिन जब वे शालिनी के पास गये थे, तब तो वे अधमरे हो चुके थे। शालिनी ने उन्हें खास आकर्षित नहीं किया, इस वजह से हरिकेश उनकी क्षमा को ही भला कितना-सा मोल दे सकते थे? और जब उन्होंने सुना कि शालिनी आश्रम में रहती है। बस, इसी बात से उनका मन विमुख हो गया। गंजा सिर, गेरुआ वसन, निरामिष आहार–यह सब सोचते ही हरिकेश को कोफ्त होने लगती है। आश्रम में बुझे-बुझे चेहरेवाली, रूखी-फीकी विधवाओं का झुण्ड देखते हुए, उन्हें बेहद बुरा लगता था। वे वहाँ जाते थे, रुपये देते थे, मीटिंग करते थे। लेकिन उसके बाद ही खूब सारी मांस-मछली चूस-चबाकर, खाने के बाद, बग्गीगाड़ी पर सवार होकर सैर पर निकल जाने का मन होता था।

औरतें माफ नहीं करतीं। प्यार, प्रेम, ममता, स्नेह, सबकी सब ज़रूरत किसी न किसी दिन ख़त्म हो जाती है। माफी की ज़रूरत कभी ख़त्म नहीं होती। कुछ भी न पूछकर, बिना शर्त माफ करना पड़ता है, वर्ना इनसान जी नहीं पाता, मर्द-मानस ज़िन्दा नहीं रहता। औरतों का तन-बदन तक ममता, स्नेह-सुधा लुटाने जैसा निर्मित है, फिर भी उनके मन में क्षमा इस कदर कम है।

"आपको क्या कोई तकलीफ हो रही है?"

"नहीं!" हरिकेश ने सिर हिलाया।

हरिकेश का चेहरा, बूढ़े हो गये, टूटे पंख, रोम-झरे जख्मी शकुन पक्षी जैसा हो आया। हाथ के नाखून पक्षी के पंजे जैसे, लेकिन अतिशय अशक्त! उपशय, शिकारी के आश्रय लेने की जगह! लेकिन बेहद जीर्ण! पुराने और ढूँठ जैसे पेड़नुमा उपशय में बैठे-बैठे, एक बूढ़ा पंछी, मानो मरता जा रहा हो।

उसी वक्त निरापद दौड़ता हुआ आ पहुँचा। बीवी की तबीयत ख़राब हो गयी है। बीवी'दी ने हाबुल दादा को बुला भेजा था। हरिकेश को भी बुलाया है।

"मुझे?"

"ऐसा ही तो कहा–"

"नहीं! नहीं!" हरिकेश सिर हिलाने लगे, "तुम जाओ, हाबुल! मुझे देखकर, उसकी तबीयत और ज़्यादा ख़राब हो जाएगी। निरापद, तू भी जा। अगर कोई ज़रूरत-वरूरत पड़े। मैं नहीं जाऊँगा, हाबुल। बीवी मुझे..." हरिकेश ने अपनी सूखी और दमफूली आवाज़ दबा ली।

हाबुल चला गया। निरापद भी जा चुका था। हरिकेश का यह कहने का मन हुआ कि आज सुबह-सुबह ही बीवी उन्हें बूढ़न और शायद सात्यकी की मौत के लिए जिम्मेदार ठहरा गयी है।

अपने जन्मदिन के दिन तीन-तीन हत्याओं का इल्जाम अपने सिर पर लेकर, हरिकेश 'ब्रेविल' का गहरा-गहरा दम लेते रहे। हाथ से न भी मारें, तो भी प्राणों की हत्या की जा सकती है। लेकिन बूढ़न? बूढ़नवाली बात बीवी कैसे अपनी ज़ुबान पर ला सकी? हरिकेश को अगर किसी के लिए जान भी देनी पड़े...मतलब कहने की बात है...तो एकमात्र बूढ़न के लिए ही वे अपनी जान लुटा सकते हैं। औरत होकर बीवी यह बात कैसे समझेगी?

पाँच

उस समय उनकी उम्र पचास की हो चुकी थी, यह तीस वर्ष पहले की बात है! ढेंड़ के जंग में बाघ मारने के लिए, वे ठीक तैयार नहीं थे। लेकिन बूढ़न ने कहा—"मारका तारूप! हक्काना बाघ है।" कभी-कभार बूढ़न सन्थाली बोलने लगता था। कभी हिन्दी भी बोलता था। राजशाही की दुर्गाबाड़ी में रहते हुए, वह सन्थाली लिखना भी सीख गया था। उसने यह भी बताया कि वह बाघ 'एकोवा' है। जिस जानवर को उसका दल त्याग देता था, वह जानवर अकेला हो जाता था, उसे 'एकोवा' कहते थे। ढेंड वन का वह बाघ भरापूरा जवान था, फिर भी सावन के मिथुन महीने में वह 'एकोवा' हो गया था। इसीलिए हरिकेश उसे मारने के लिए राजी हो गये थे, क्योंकि उस समय वे भी 'एकोवा' हो गये थे। सभी उन्हें छोड़कर चले गये थे। एकोवा जानवर की तुलना में एकोवा पुरुष की निःसंगता भयंकर होती है। अकेले होने का भय इनसान को खा जाता है, हरिकेश को भी खाये जा रहा था। वे राँची से टोड़र, टोड़र से

केड़गोदा, रातो होते हुए, टेड़ी चले आये थे।

बूढ़न ने आगाह किया था, "इतना दारू मत चढ़ा।"

उन्होंने बूढ़न को गाली दे डाली।

काफी फूहड़, जघन्य भाषा में उन्होंने गालियाँ सुनाई थीं, क्योंकि बीवी की माँ ने उनका और ज़्यादा जघन्य अपमान किया था। बीवी की बेटी बीमार थी। वाणी मरणासन्न थी। बीवी का दूल्हा उसे लेने आया था। उन्होंने उसकी बेइज़्ज़ती करके उसे खदेड़ दिया था। इसकी वजह यह थी कि बीवी के दूल्हे ने और एक विवाह कर लिया था और बीवी का भयंकर अपमान किया था। बीवी की माँ ने उन्हें लताड़ा था—"तुम राक्षस हो! अपनी ज़हरीली साँसों से फूत्कारते-फूत्कारते तुमने बीवी को सुखी नहीं होने दिया। जाओ, तुम चले जाओ।"

वह इस लहजे में बोली थी मानो मृत्युदण्ड सुना रही हो—"जाओ, तुम एकोवा हो जाओ। हम तुम्हें नहीं चाहतीं! हमें तुम्हारी ज़रूरत नहीं है।"

इसीलिए हरिकेश एकोवा बाघ की खोज में जा रहे थे। इस सावन में बारिश नहीं हुई थी! गर्मी, भीषण गर्मी थी। नालों का पानी सूखता जा रहा था। जाने कितने ही बार वे शिकार के नियम भूल गये। मानो जानबूझकर भूल गये हों और पानी पीते हुए जानवरों को मारते रहे। अगर पास में जंगल का "पास" मौजूद भी हो, तो भी वह 'पास' इस ढंग से इस्तेमाल नहीं करना चाहिए—इस्माइल ने उन्हें सावधान करने की कोशिश की। लेकिन वह इस कदर अपमानित हुआ कि टोड़ी से ही वह राँची लौट गया। हरिकेश ने कायर, बुजदिल भी कहा था। डरपोक! और औरत कहीं का!

लेकिन बूढ़न उन्हें छोड़कर नहीं गया और हरिकेश भी बखूबी जानते थे कि बूढ़न उन्हें छोड़कर नहीं जाएगा, क्योंकि बूढ़न के खून में यह दोष था। उसने मुसीबत के समय छोड़कर जाना नहीं सीखा था। हरिकेश को इस बात की भी बखूबी जानकारी थी कि बूढ़न उन्हें छोड़कर हरगिज नहीं जाएगा, क्योंकि बूढ़न का बाप एक बार ढेंड़ के आदिवासियों का 'किषाँड़' यानी प्रभु बना था।

बूढ़न का बाप प्रभु बना। उसने कहा था—"न चाँद, न सूरज, अब हम तुम लोगों का प्रभु हूँ।" उसने यह भी घोषणा की थी—"फिरंगी साहबों को हम नहीं मानेंगे।" बूढ़न का बाप डेढ़ सौ आदिवासियों को साथ लेकर रातोर की हाटचाला में ठहर गया था। उन दिनों रातो बहुत

बड़ा गाँव था। फ़ी बरस वहाँ सेट्लमेण्ट का तम्बू पड़ता था। उन लोगों ने कहा था–"हम फूटी कौड़ी भी ख़ज़ाना नहीं देंगे।" और चारों तरफ के जंगल के पत्ते तोड़ डाले थे।

पत्ते तोड़ते ही, राँची के डालटनगंज तक यह ख़बर पहुँच गयी। डुराँडा से पलटन आ पहुँची और नन्दलाल दारोगा के साथ विद्गा गाँव का बैदा (पुरोहित) भी आया था।

"अबे, उस कमबख़्त किषाँड़ को बुला ला।" दारोगा ने हुक्म दिया।

"लेकिन, तू उसे मारेगा नहीं। अब वह किषाँड़ बन गया है–" बैगा ने आगाह किया।

"तू उस कमबख़्त किषाँड़ को बुलाकर तो ला!" दारोगा दोबारा हुँकार उठा, क्योंकि उन दिनों झुण्ड-झुण्ड में वे लोग हाटचाला में आते जा रहे थे। जंगल से जुओं की तरह बूढ़े-बूढ़ी, जवान लड़के-लड़कियाँ, नंग-धड़ंग बच्चे लगातार आते जा रहे थे। इधर, लोग-बाग़ तमाशा देखने के लिए भीड़ की शक्ल में जुटने लगे, क्योंकि उतने दिनों में सभी लोग जान गये थे कि ये जेटे लोग चाँद-सूरज से भी ज़्यादा बड़े हैं। जेटे, ज़मींदार, महाजन, जोतदार, तहसीलदार–ये सभी वर्ग चाँद-सूरज से बढ़कर हैं और चाँद-सूरज से भी ज़्यादा दिनों तक रहने आये हैं। ये तमाम बातें वे लोग जान चुके थे। इसके बावजूद वे लोग पत्ते तोड़ने की ख़बर पाकर किषाँड़ को देखने आ रहे थे।

उन लोगों ने भी कहा, "इस किषाँड़ को मारना नहीं। उन सबने यह भी बताया कि अब, वह बैगा बन जाएगा, उस पर देवता सवार होंगे। जो एक बार प्रभु हो जाता है। वह दोबारा इनसान नहीं बन सकता। यह एक नियम था।

"कहा न, उस कमबख़्त किषाँड़ को बुलाकर ले आ।" नन्दलाल दारोगा ने फिर कहा।

बूढ़न का बाप जैसे ही उसके सामने आया, उसने उस पर बन्दूक दाग़ दिया था और बन्दूक की गोली खाते ही, बूढ़न के बाप का फौरन 'राम-नाम-सत्' हो गया! मरने से पहले उसकी ज़ुबान से निकला था–हे राम!

युद्ध का आह्वान–हे राम!

वर्षों पहले का आह्वान–हे राम!

यह आह्वान सुनकर तुम खामोश नहीं रह सकते! हे राम! जिन लोगों

ने कई-कई बार मालद के हाथों से अदिना मस्जिद दख़ल कर ली थी, उन्हीं सन्थालों का नया गाँधी भी दरोगा की गोली खाकर कह उठा था—हे राम! अपनी दोनों बाँहें शून्य में फैलाकर बूढ़न के बाप ने कहा—हे राम! और उसी क्षण इन लोगों ने तीर बरसाना शुरू कर दिया! उन लोगों ने गोलियाँ बरसायीं! शतोर के वाताश में उस दिन इधर से तीर, उधर से गोलियाँ उड़ती रहीं। लेकिन बहुत जल्दी ही तीरों की बरसात थम गयी। वे लोग बूढ़न के बाप को बाँध-छाँदकर, बैलगाड़ी में लातेहार ले गये और इन लोगों के तीर-धनुष, भाला, बल्लभ छीन लिए गये और उन लोगों को नंगा करके छोड़ दिया गया।

इसीलिए बूढ़न आफत-विपद के समय हरिकेश को छोड़कर नहीं जा पाता था, क्योंकि उसका बाप एक बार अठारह घण्टे के लिए प्रभु बना था। एक बार प्रभु बनने पर सभी लोग जान जाते हैं कि उसका खून अतिशय विशुद्ध है। उसका खून सोना है; उसका खून धान है; उसका खून घर है; बहू-बच्चा है। उसका खून गाय-बैल है। इसीलिए बूढ़न किसी भी दिन अपनी माली-हालत सुधार नहीं पाया। जंगल-मंगल के ही कर्मा गाँव में तिल सरगुजा, अरहर की खेती करके, बेहद तकलीफ से अपनी गृहस्थी चलाता था। और हमेशा एक ही गीत गुनगुनाता रहता था—

मनवा जउह सुख-दुःख से
पेरे आकाना

यानी मनुष्य का जीवन सुख-दुःख भरा है।

सुख में या दुःख में या गोद में बेटे को हलराते-दुलारते या शिकार किये हुए सूअर की छाल छुड़ाते-छुड़ाते, बूढ़न यही एक गीत गाया करता था। इसके अलावा अन्य कोई गीत उसने नहीं सीखा था। गले में गीत आने से काफी पहले ही यानी उसके खून की बूँद-बूँद में यह जानकारी बस गयी थी कि मनवा जीउह सुख-दुःख से पेरे आकाना यानी मानव जीव सुख-दुःख से भरा हुआ है।

बूढ़न ही हरिकेश को राह दिखाकर ढेंड़ी तक ले आया था, क्योंकि वह बाघ सिर्फ एकोवा ही नहीं, भयंकर शैतान भी था। बाघ के अन्दर जब कोई अप-देवता घुस जाता है, तो जैसा हाल होता है, वह वैसा धूर्त था और ढेंड़ी के जंगल में पाँच-सात कोस के अहाते में निर्भय होकर घूमता-फिरता था।

एकमात्र बूढ़न ही जानता था कि उसके रहने-सहने का माँद कहाँ

है। वह एकोवा बाघ कोलाइ नाले के करीब एक परित्यक्त वन-कछार में रहता था। वहाँ वह रात गुज़ारता था! बूढ़न ने आगाह भी कर दिया था कि वह बाघ भयंकर शैतान है।

और उसका शिकारगाह? वह घूमता-फिरता कहाँ है?

गाय-बैलों के चरागाह में! उनके चरने की जगह!

और भागते हुए बाघ का आश्रय?

बूढ़न अपनी दसों उँगलियाँ फैलाकर दिखाता था। भागकर आश्रय लेने के लिए बाघ के कम से कम दस आश्रय होते हैं।

बूढ़न अब, बूढ़ा होता जा रहा था। लेकिन ढेंड़ी का बाघ मारने में संगी होने का सम्मान उसने किसी को भी नहीं दिया था, यहाँ तक कि हरवा को भी नहीं। हरवा सिर्फ साथ-साथ रहता था।

पिता अगर एक बार प्रभु बन जाए, तो मुसीबत के समय वह अन्य किसी पर जिम्मेदारी नहीं सौंप सकता था।

इसके अलावा बूढ़न कहा करता था—यह तो बाघ मुझे मारेगा या मैं उसे मार दूँगा, क्योंकि गाँववाले बूढ़न को ही जिम्मेदार मानते थे। बूढ़न के रहते हुए भी बाघ मारा नहीं जा रहा था, इसके लिए वे लोग बूढ़न को ही दोष देते थे।

पहले दिन बाघ को सिर्फ ज़ख़्मी किया गया। जंगल में हँकवा के जरिये बाघ को खदेड़कर मचान की तरफ लाने की कोशिश की जा रही थी। लेकिन हँकवा आगे बढ़ने की हिम्मत नहीं जुटा पा रहा था। हालाँकि हरिकेश बार-बार आश्वस्त करते रहे कि बाघ की आहट पाते ही, पेड़ पर जो 'रुक' बैठे हैं, वे लोग इशारा कर देंगे। इसके बावजूद हँकवा को साहस नहीं हो रहा था। वह अपने अन्दर उतना दम नहीं महसूस कर पा रहा था। वह एकोवा बाघ पिछले दो वर्षों से, मिथुन के महीने में भी बाघिन खोजने नहीं निकला और यह अस्वाभाविक आचरण देखकर गाँववाले और ज़्यादा डर गये थे। ऐसा तो नियम नहीं है। बाघ नियम के विरुद्ध हरकत क्यों कर रहा है? इसके अलावा पिछले दो वर्षों में रुपये-पैसों का मोल और गिर गया था। हर रोज़ उसे पूरे दो आने मिलेंगे, यह जानते हुए भी उसके मन में फुर्ती नहीं जाग रही थी। पिछले साल भुखमरी और इस वर्ष भयंकर सूखा! दुर्भिक्ष का भय न होता, तो पता नहीं, वे लोग राज़ी भी होते या नहीं। वह तो बूढ़न ने बुलाया था, इसलिए वे लोग चले आये।

बहरहाल बाघ आ पहुँचा। पेड़ के ऊपर से एक 'रुक' ने इशारा

किया। लेकिन इससे पहले ही बादामी रंग के डोरिया से भरपूर देह लिए बाघ आगे बढ़ आया। उसे कहीं, कोई कष्ट भी था, तभी वह ठीक तरह पाँव रखने में असुविधा महसूस कर रहा था। उस बाघ को मार डालने के बाद हरिकेश ने देखा, उसके पाँव के तलवे में जलने का बड़ा-सा ज़ख्म था। उन लोगों ने जंगल में आग लगायी थी, शायद उसी में उसके पाँव का एक पंजा बुरी तरह जल गया होगा।

हरिकेश ने उस बाघ को घायल तो कर दिया था। लेकिन गोली कहाँ लगी है, इसका अन्दाज़ा वे नहीं लगा पाये। सिर्फ टपके हुए खून का निशान देखते-देखते, वे कुछ दूर आगे बढ़े, मगर और आगे जाने की हिम्मत नहीं बटोर पाये। हँकवा लोगों को आगाह कर दिया गया था कि बाघ ज़ख्मी है। कोई गाँव से निकलकर जंगल में न आये।

अगले दिन भोर-भोर बूढ़न और वे, हरवा को साथ लेकर निकल पड़े। बूढ़न ने कहा कि बाघ अपनी माँद में जावेगा। वह ज़रा-ज़रा मुस्करा भी रहा था, क्योंकि वह इस बाघ का स्वभाव और अभ्यास जानता था। वे सब बड़ी सतर्क मुद्रा में, साँसें तक दबा-दबाकर आगे बढ़ रहे थे। लेकिन छोटे टीले तक पहुँचने से पहले, बूढ़न के मन में कोई आशंका नहीं जागी। लेकिन ज़रा ऊँची चट्टान के करीब मक्खियों के झुण्ड को भिनभिनाते देखकर, वह सारा मामला समझ गया।

"गोली दागो—" बूढ़न चीख उठा।

लेकिन, बाघ का खुला हुआ मुँह, धुँधलायी आँखें, सामने का जंघा और दाहिने जबड़े पर घाव के बावजूद, उसका बेहद तेज़ी से टूट पड़ना—यह सब देखकर, हरिकेश डर के मारे हकबका गये और उनका हाथ जहाँ का तहाँ थम गया। ज़ख्मी बाघ का शिकार करते हुए, हर पल बेहद क़ीमती होता है, लेकिन हरिकेश लगभग अट्ठाईस सेकण्ड हिल-डुल भी नहीं पाये।

"बा-बू ऽऽ!" बूढ़न चिल्ला उठा, लेकिन इससे पहले ही बाघ ने उस पर अपना पंजा जमा दिया था। उसके बाद भी किंकर्तव्यविमूढ़ हरिकेश को होश ही नहीं आया कि अब वे क्या करें। हरवा ने उनके हाथ से बन्दूक छीन ली और उसने ठाँय से गोली दाग़ दी क्योंकि वह देख रहा था कि बाघ ने बूढ़न को अपने पंजों में इस क़दर दबोच लिया था कि उसका सिर, गले की नली प्रायः कटकर पीछे की तरफ लटक गयी थी। चूँकि बाघ अपना जबड़ा हिला नहीं पा रहा था, वर्ना बाघ ज़रूर उस पर अपने दाँत जमा देता। लेकिन उसके जबड़े में वह क्षमता नहीं थी। हाय

बूढ़नवाऽऽ! हरवा का जंगल-चीरता आर्तनाद गूँज उठा। बाघ के पंजों से बूढ़न को निकालने में लोगों को प्रायः पूरा दिन लग गया, क्योंकि गोली खाने के बाद बाघ का शरीर ऐसी दरार में अटक गया था, जहाँ से निकालना, काफी कष्टकर और मुश्किल था। गोली की आवाज़ के बाद ही, हरवा की—हाय बूढ़नवा रे ऽऽऽ की चीख सुनकर, हँकवा लोग डर गये। लेकिन हरिकेश ने बन्दूक ऊँची करके, शून्य में खाली आवाज़ की और संकेत दिया कि बाघ मारा गया।

हरवा की ज़ुबान से आवाज़ नहीं निकली। उससे कुछ बोला नहीं गया। हरवा उनके साथ पहले भी शिकार पर आया था। इसके अलावा राजशाही-दुर्गाबाड़ी के उत्तरी नला के मैदान में भी उसने बूढ़न के साथ चीता-बाघ मारे थे; सूअर भी मारा था। हरवा यह भी जानता था कि हरिकेश डरपोक नहीं है तो इस बार क्या वे डर गये थे? या यही बूढ़न की नियति थी, हरवा ने किसी से कुछ नहीं कहा। यहाँ तक कि बाघ के माथे पर जो गोली लगी थी, वह हरिकेश ने नहीं मारी थी, वह गोली उनकी बन्दूक से नहीं निकली थी, हरवा ने यह बात भी नहीं कही।

लेकिन, एक 'रुक' ने सबकुछ देखा। 'रुक', 'स्टॉप', जो लोग पेड़ पर बैठे रहते हैं। जानवर आ रहा है या नहीं, जानवर दिखाई दे रहा है या नहीं—वे लोग इशारे में बता देते हैं। उस बार देखने के बावजूद, 'रुक' को लगा था कि वह कोई दुःस्वप्न देख रहा है, क्योंकि वह भी हरिकेश को 'देवता' के रूप में देखने और मानने का अभ्यस्त था। उनके हाथ में बन्दूक! बाघ बूढ़न पर हमला कर रहा है—उसे लगा, वह कुछ भूल देख रहा है। जब वे बन्दूक ऊँची करके, हवा में गोली दाग़ने लगे, खाली-पीली आवाज़ें करने लगे, तब उसे लगा कि सबकुछ ठीकठाक है।

लेकिन बूढ़न की बीवी ने कहा, "उसके साथ अगर तू गया होता, तो वह तेरी भी जान बचाता। इस बार तेरे साथ वह गया। उसके पास बन्दूक नहीं थी, तेरे पास तो बन्दूक थी। तूने उसे क्यों नहीं देखा?"

बूढ़न की बीवी! उसने यह भी कहा, "तेरा बाप होता, तो देखता!"

बूढ़न किषाँड़ का बेटा था, लेकिन बूढ़न की बीवी तो इनसान की बेटी थी। बूढ़न जो जानता था—मनवा जिउह सुख-दुःख से पेरे आकाना! चूँकि उसे यह ज्ञान था, इसलिए उसे शान्त रहना आता था। बूढ़न की बीवी यह नहीं जानती थी। वह भयंकर रूप से चीखती-चिल्लाती थी, बाल नोच-नोचकर बूढ़न को गालियाँ देती थी। वह कहती थी—"बड़ा आया

शिकारी! हुँहः! बाघचाला, साँप चाला का गुर जानता है। तभी तो...! तभी तो पेट भर भात नहीं जुटता।

वैसे भात का मतलब भात नहीं था, क्योंकि राँचीवाले घर में या जंगलमहल में, जब वे कोठी में रहते थे, उन दिनों को छोड़कर, वे लोग भात कम ही खाते थे। सभी लोग कभी भुट्टे उबालकर, कभी कूटकर, उसकी लपसी बनकर खाते थे। बूढ़न के घर में तो बन्दूक थी, लेकिन उसके जैसे, ऐसे बहुत-से लोग थे, जिनके समस्त पार्थिव सम्पत्ति का दाम शायद पाँच या छह आने थे; जिनके लिए भात महज़ सपना था।

इसीलिए क्या बूढ़न गाया करता था—मनवा जिउह सुख-दुःख से पेरे आकाना? लेकिन बूढ़न के घर जाकर, उसकी बीवी का रोना सुनकर, उसके बाल-बच्चों को ज़मीन पर लोटते-पोटते देखकर, हरिकेश को कभी तरस नहीं आया, बल्कि जाने क्यों तो वे भड़क गये थे। इतने मामूली, और गरीब, अभागे लोग बूढ़न के अपने लोग हैं? बूढ़न उन लोगों से कहीं ऊँचे स्तर का इनसान था! उसका खून कितना पवित्र, कितना विशुद्ध था! उसके दादा के सरगुजा के खेत में, चम्पारण के फिरंगी साहबों ने नील बो दिया था। और जब वह हाथ में भाला लेकर दौड़ा, तो फिरंगी साहबों ने उसे गोली मार दी। बूढ़न के बाप ने तो और बड़ा काम किया था। वह किषाँड़ बन गया था। और गोली खाकर, कह उठा था—हे राम!

बूढ़न का खून पवित्र और विशुद्ध था! बूढ़न का खून धान था। बूढ़न का खून यह माटी, धरती, बाल-बच्चे, गाय-बैल थे। बूढ़न का खून एक गीत था। एक ही गीत—इनसान का जीवन सुख और दुःख से भरा हुआ! सुख और दुःख! दो पल्लों की तौल कभी समान, कभी असमान! मनुष्य का जीवन सुख और दुःख से भरा हुआ!

इसीलिए हरिकेश को गुस्सा चढ़ गया था। निष्फल, भीषण गुस्सा! अपने आस-पास के वन-जंगल, बूढ़न अपनी हथेली के तलवे की तरह पहचानता था। कितने-कितने जीव-जन्तु! कहाँ है जंगली भैंसों की चरागाह! इस बार जाड़े के पंछी, उस छोटे-से नाले के किस ओर बैठे हैं! ढेंड़े के बाघ के जोड़े ने जिस बाघिन-शावक को जन्म दिया था, वह पलामू के दक्षिण-पश्चिम की सड़क के किस जंगल में रहते हैं—बूढ़न सब जानता था। जंगल में वह निःशब्द मुद्रा में छाया की तरह घूम सकता था। शिकार के समय वह छाया से भी अधिक ख़ामोश रह सकता था। राँची के कमिश्नर, डिप्टी कमिश्नर जब शिकार पर जाते थे, तब वे बूढ़न की

ही माँग करते थे। इसीलिए हरिकेश को भयंकर गुस्सा चढ़ा हुआ था।

ढेंड़े से रातो तक कैसा निविड़ जंगल! उस जंगल में कहीं-कहीं झोंप-झाड़ इतना घना था कि चरवाहे उसके ऊपर से चलकर पार हो जाते थे, खोखली जगह पर पाँव पड़ते ही नहीं थे। इसी जंगल में बूढ़न ने हरिकेश को पहली बार बाइसन दिखाया था। उसने बताया था कि वह गेंडा है! जंगल में ही जलाशय था। किसी समय यहाँ शायद कोई गाँव या जनपद था।

बूढ़न ने ही बताया था कि वर्गी लोग चूँकि इसी रास्ते से आते थे, इसलिए यहाँ लोग मिट्टी का किला बनाकर रहते थे। लेकिन ऐसी जगहों पर जैसा कि अक्सर होता है, धीरे-धीरे जंगल आ पहुँचा और उसने बस्ती को निगल लिया। वहीं, उसी जगह, कमल के फूलों से भरे एक बड़े-से तालाब के करीब, वह एकोवा गेंडा खड़ा था। जंगल की दरारों में शरद की अद्भुत, उजली-धुली धूप! वहीं मानो चित्रलिखित-सा वह एकोवा गेंडा खड़ा नज़र आया। बूढ़न और हरिकेश, बेहद खामोश कदमों से पेड़ पर जा चढ़े। एकोवा गेंडा, भयंकर आक्रोश के साथ अपनी निःसंगता की रक्षा करता रहा। इस जानवर ने इनसानों का कभी विश्वास नहीं किया।

वही! वही बूढ़न!

सीने में हहरता क्रोध लिए, हरिकेश रातो से टोड़ी, टोड़ी से राँची लौट गये। बूढ़न बिना एक शब्द कहे, बिना कुछ बोले, लेटे-लेटे उनके साथ आ रहा था। धीरे-धीरे उसके बदन में गन्ध भरती जा रही थी। उसे चिता पर चढ़ाते ही, उसके बदन के छाले फूट-फूटकर, उसमें से पानी बह निकला था। इनसान के बदन में आखिर कितना जल होता है? या खून ही पानी हो जाता है? बूढ़न का खून, जो धान था, जो खून माटी के ऊपर धानगोला था, बहुरिया के गोद का बच्चा था, वही खून क्या इतनी जल्दी पानी हो गया था?

कलकत्ता लौटकर हरिकेश ने किसी को कुछ नहीं बताया, सिर्फ अपनी दाहिनी हथेली निहारते रहे। यह हथेली उस वक्त इतनी विद्रोही क्यों हो गयी? यह हथेली क्या उस वक्त मर गयी थी? बीवी रोती रही। वह बूढ़न को प्यार करती थी।

रोते-रोते ही उसने सवाल किया, "तुम अपनी हथेली क्यों देख रहे हो? क्या तुमने ही बूढ़न को मार डाला?"

"किसने कहा?" हरिकेश अचानक चीख उठे।

उसी पल उन्हें बीवी के चेहरे पर दिजय की हँसी नज़र आयी। बीवी को उसी पल अन्दाज़ा हो गया कि बूढ़न को उन्होंने ही मारा है।

मनवा जिउह सुख-दुःख से पेरे आकाना
मनवा जिउह सुख-दुःख से पेरे आकाना

बूढ़न का गीत! बूढ़न के पिता का दिया हुआ तीर-धनुष, उसकी बीवी ने हरिकेश को दे डाला था। हरिकेश ने उसे ढेरों रुपये दिये थे। उतने रुपये बूढ़न ने अपनी ज़िन्दगी में नहीं देखे थे।

रुपये देते हुए, बूढ़न की बीवी की आँखों में हँसी देखकर हरिकेश का मन जल-फुँककर खाक़ हो गया था। रुपया! कितना सस्ता! कितना खिलवाड़ जैसा हरजाना! कितना अनुपयुक्त! लेकिन इनसान रुपये ही तो थमाता है, क्योंकि देने को और कुछ होता भी नहीं!

और हरिकेश जैसा इनसान! जो इनसान स्नेह देने, ममता देने, मन देने में इस क़दर डरता था, वह रुपयों के अलावा और दे भी क्या सकता था?

हरिकेश ने धीरे, बेहद धीरे से अपनी आँखें खोलीं। इस कमरे में उजाला नहीं आता। इस कमरे में हमेशा अँधेरा छाया रहता है! अँधेरा कमरा! अब हरिकेश की उम्र अस्सी वर्ष हो चुकी है। अब तन-मन में मानो दरारें उभर आयी हैं! हाहाकार करती हुई दरारें! अब रातों के वक्त उनके बदन पर चूहे, तिलचट्टे रेंगते हैं। लेकिन इन दरारों में आज भी कभी-कभी ऐसी हवा बहने लगती है, जो हरिकेश के लिए भयंकर क्रोध, दुःख और पछतावे की शक्ल ले लेती है। हरिकेश को आज भी कभी-कभी शोक के उन पलों में उस हवा की रुलाई सुनाई देती है।

हरिकेश चौंक उठे।

निरापद उनके सामने खड़ा था।

"जी, नहाने का वक्त हो गया।"

हरिकेश ने हाथ बढ़ा दिया। अब, गर्म पानी में नहाना है। निरापद ही उन्हें नहला देगा। बिरापद के हाथों अपने को छोड़कर, नहाते-नहाते हरिकेश ने महसूस किया कि उन्हें नहलानेवाले हाथों में कोई प्यार-ममता नहीं है। इतने वर्षों में भी निरापद उन्हें प्यार नहीं कर पाया। उसमें तो शायद कृतज्ञताबोध तक नहीं है। सच तो यह है कि सिर्फ कृतज्ञ होकर इनसान ज़्यादा दिनों तक नहीं रह पाता।

छह

हाबुल बीवी दीदी के कमरे में बैठा हुआ था।

बीवी'दी को कोरामिन देने की ज़रूरत नहीं पड़ी।

लेकिन डॉक्टर मुस्तकी जाते-जाते कह गये, "बीवी, अगर तुम ज़्यादा दिनों तक जीना चाहती हो, तो यूँ अचानक उत्तेजित हो उठने, अचानक निकल पड़ने, अचानक गुस्से से भड़क जाने की आदत, तुम्हें छोड़नी होगी।"

"मैं जीना चाहती हूँ।" बीवी ने संक्षिप्त-सा जवाब दिया, मानो उन्होंने कहा—मुझे लॉजेन्स चाहिए।"

"अगर जीना चाहती हो तो तुम्हें डॉक्टर की बात माननी होगी।"

"मानूँगी!"

"दवा लेती रहना और शाम को कमरे में ही ज़रा घूम-फिर सकती हो, लेकिन इससे ज़्यादा नहीं।"

"ठीक है!"

हाबुल काफी बेचैनी महसूस कर रहा था। असल में वह जानता था कि वाणी कहाँ है। कम से कम उसे यही लग रहा था कि वह जानता है।

अपनी सहेली अमिता के घर! अमिता-परिवार ने वह घर छोड़ दिया था, हालाँकि इसकी जानकारी मकान-मालिक को नहीं दी गयी थी। अमिता-परिवार उन दिनों दिल्ली में था। यही तय हुआ था कि उस घर के सामान हाबुल और वाणी ही ले लेंगे। हाबुल ने कुछ रुपये भी दिये थे। उस घर की एक चाबी भी वाणी के पास थी।

वाणी ज़रूर वहीं है। आजकल वह अक्सर वहीं चली जाती थी।

वहाँ कमरे में बैठी-बैठी वह दीवारें टकटोरती रहती है। वाणी जब सोच-विचार में ज़्यादा डूब जाती है, तो उसका चेहरा टेढ़ा-ऐंचा हो आता है। लेकिन वाणी के सामने अगर इस बात का ज़िक्र करो, तो वह भड़क जाती है। लेकिन वह बीवी को यह बात कैसे बताए कि इस वक्त वाणी का पता लगाकर, उसे लाया जा सकता है? बीवी शायद उत्तेजित हो उठे। इसके अलावा बीवी की तबीयत जब इतनी खराब है, तो वह उसे छोड़कर जाए भी कैसे? वह क्या अपनी माँ को फोन करे?

"हाबुल!..."

"इस वक्त बात मत करो, बीवी!"

"अरे नहीं, नहीं, मैं इतनी भी बीमार नहीं हूँ।"

"अभी थोड़ी देर पहले ही तो तुम्हारी हालत ऐसी थी कि मैं तो चकरा गया था?"

बीवी'दी की आँखों से आँसू बह निकले! हाबुल उसे इतना प्यार क्यों करता है?

"वाणी सारी बातें जानना चाहती थी, हाबुल!"

"कौन-सी बातें?"

"सत्तु'दा के बारे में!"

"ओऽ, अच्छा!"

"तुमने जब बताया कि तुम्हारे बारे में वाणी से क्या तो..."

"हूँऽ!"

"सतु'दा हमारे यहाँ कितने वर्ष की उम्र में आया था, जानते हो? सोलह वर्ष की उम्र में! उन दिनों मैं काफी छोटी थी। मेरे जन्म के बाद मेरी माँ बीमार हो गयी थीं..."

बीवी'दी को अब लगता है कि उनकी माँ उन दिनों शायद माँ नहीं बनना चाहती थीं। अपनी भरीपूरी सेहत पर उन्हें अतिशय गर्व था। वह सेहत कहीं टूट-बिखर न जाए, उन्हें क्या यह आशंका थी? या उनके मन में बापी के प्रति कोई अन्धा मान, एक प्रतिरोध पलता था, इसलिए? अपनी हर सन्तान को जन्म देने से पहले और बाद में, वे बीमार हो जाती थीं। वैसे अपने अन्दर की संरचना में कहीं कोई दोष भी था। उस ज़माने के डॉक्टर सुन्दरी मोहन दास उनका इलाज करते थे। लेकिन उस ज़माने में आजकल की तरह इतनी चिकित्सा, इतनी व्यवस्था नहीं थी। लेकिन उनकी माँ जो माँ, नहीं बनना चाहती थीं, यह बात चाहे उनकी जान चली जाए, मगर वे हाबुल को नहीं बता सकती थीं। उसे बुरा लगेगा। ये सब लड़के आजकल यूँ भी इनसानों में इतने क़िस्म की व्यर्थता देखने रहते हैं, उन पर और ज़्यादा बोझ बढ़ाकर क्या फ़ायदा?

"सुना है, उन दिनों मैंने सतु'दा की माँ का दूध पीया था। वे मेरी बुआ की देवरानी थीं। राजशाही के दुर्गाबाड़ी में रहती थीं। उनका अपना कोई नहीं था।"

"क्यों, उनके पति नहीं थे?"

"थे! वे भी उसी गाँव के थे। राजशाही टाउन में उन्होंने वकालत भी शुरू की थी। उस बार किसी पुण्य-स्नान के समय शहर में हैजा फैल गया। सतु'दा के पिता स्वेच्छाकर्मियों के लीडर बन गये। उन दिनों, सच

पूछो तो हैजा का कोई इलाज नहीं था। उन्हीं दिनों सतु'दा के माँ-बाप के यहाँ उनकी यह बहन पैदा हुई। उसी की वजह से मुझे भी उसकी माँ का दूध नसीब हुआ। उनके माँ-बाप एक दिन के अन्तर में भगवान को प्यारे हो गये।

"उसके बाद, तुम लोगों के घर...?"

"हाँ! लेकिन उसे ठीक हमारा घर कहना शोभा नहीं देगा। हम लोग कभी-कभार गाँव में रहने चले जाते थे। बस, आते-जाते रहते थे। जो लोग वहाँ रहते थे, वही घर के सर्वेसर्वा थे। चूँकि मैं बापी की बेटी थी, इसलिए मेरी कोई ख़ास जगह हो, ऐसा नहीं था। वैसे मैं गाँव की हवेली बहुत कम गयी हूँ।"

बापी का सभी लोग काफी सम्मान करते थे। माँ गाँव की हवेली में रहना नहीं चाहती थीं। हाँ, जितने दिनों के लिए जाती थीं, वहाँ रहती थीं, खूब खुश रहती थीं। लेकिन अपने आप कभी जाती या वहाँ रहती नहीं थीं। गाँव के सभी लोग बापी को रत्न मानते थे। उनकी किताबों पर, उनके जीते हुए मुकदमों पर, राजनीतिक कैदियों की मदद करने पर, वे सभी लोग गर्व करते थे। उनके स्वभाव के बाकी अन्य पक्ष, वे लोग जानबूझकर नज़रअन्दाज़ कर देते थे। माँ को शायद यह पसन्द नहीं था। इसके अलावा, सतु'दा की एक मासी भी उसी गाँव में ब्याही थी। गाँव के नज़रिये से राजशाही दुर्गाबाड़ी खासा विशाल था। सौ से ज़्यादा तो ब्राह्मण परिवार थे। गाँव में दो-दो हाईस्कूल थे, अच्छा-सा पोस्ट ऑफिस था। यहाँ तक कि आभाइ नदी पर एक पक्का पुल भी था।

सतु'दा की इस मासी का ज़िक्र छिड़ते ही लोग या तो आपस में हँसी-दिल्लगी करते थे या बिल्कुल चुप हो जाते थे। बीवी'दी को उनका एक अशालीन रूप अभी भी याद है! पीला-गोरा रंग, बेहद चंचल निगाहें, बोलते हुए होठ, बोलता हुआ तन-बदन! वे पान बहुत ज़्यादा खाया करती थीं और ढेर सारे गहने पहने रहती थीं, उत्सव-समारोह में किसी के घर जाती थीं, तो तीस-चालीस मछलियाँ आराम से खाकर हजम कर जाती थीं। बहुत ज़्यादा मछली, ख़ासकर बोयाल मछली खाती थीं, इसलिए उनका चेहरा कैसा तो लाल-सुर्ख हुआ रहता था। बीवी'दी की हवेली की मूर्ति इतनी विशाल होती थी कि मूर्ति विसर्जन से पहले कार्तिक, गणेश-की मूर्तियाँ अलग-अलग निकालनी पड़ती थीं।

हर वर्ष गणेश जी को उठाकर, उस मौसी की गोद में बिठा दिया

जाता था और इस बात को लेकर, कैसा तो हँसी-मज़ाक भी चलता था। यह महिला प्रत्येक बार आमन्त्रित करके बापी को खिलाती थी, अपने बालों से बापी के चरण पोंछती थी और बापी का चरणामृत पीती थीं। कहते हैं, वे बापी को देवता मानती थीं, लेकिन माँ, उन तारा मासी को देवी नहीं मानती थीं। बापी के साथ कभी उनके विवाह की बात भी चली थी, इसके बावजूद माँ को इतनी अतिशयता, इतनी मस्ती पसन्द नहीं थी। इसके अलावा, तारा मासी, 'भतार-सुहागी', 'जवान कच्ची कली' इसी क़िस्म के कुछेक शब्द इस्तेमाल करती थीं, जिसे सुनते ही माँ का कान-मुँह लाल हो उठता था। घर में अन्य कोई भी इस किस्म की भाषा नहीं बोलता था।

"बीवी, तुम्हें नींद आ रही है?"

"नहीं, हाबुल, मैं गाँववाले घर को याद कर रही थी।"

"वह सब याद करना अच्छा लगता है न?"

"ना, हाबुल, मैं समझ नहीं पाती। बचपन गुज़र जाने के बाद, अगर मैं एक बार भी वहाँ नहीं जाती, तो बता नहीं सकती कि क्या होता। लेकिन बाद में, मेरा भी तो कहीं आस-पास ही विवाह हो गया।"

"कहीं आस-पास ही?"

"हाँ! बगल के ही गाँव में! बीच में आभाइ नदी! धर्मराजा का थान! वरेन्द्र सोसाइटी के लोगों ने वहाँ जाकर तय किया कि वह बौद्ध मठ है।"

"गाँव आस-पास था?"

"हाँ! नदी के ऊपर पुल! फिर भी...मैं पूरे पाँच साल तक वहाँ रही, मगर एक बार भी दुर्गा बाड़ी नहीं गयी।"

"क्यों?"

जवाब में बीवी'दी ने दुबारा दरयाफ़्त किया, "वाणी नहीं आएगी, हाबुल?"

असल में हाबुल को उनका बताने का मन नहीं हुआ कि उन दिनों बीवी'दी पर कैसा तो भूत सवार हो गया था। वे लोग मेदिनीपुर से राँची पहुँचे ही थे, लेकिन विनोद डॉक्टर स्टेशन से ही माँ-बेटी को अपने घर लिवा ले गये, क्योंकि उन लोगों के मोरावादीवाले मकान में सतु'दा ने आत्महत्या कर ली थी। घर में पुलिस ही पुलिस! बापी के आने तक सतु'दा को मुर्दाघर में रखा गया था। बापी बेगमपुर जायेंगे। यह बात सतु'दा के अलावा और कोई नहीं जानता था। वकील बाबू लोग बापी

के लिए फूलों की ढेर-ढेर मालाएँ लाये थे, उन्हीं मालाओं से सतु'दा को ढँक दिया गया। निरापाद आकर, खुशबू माँग ले गया। उस ज़माने का मुर्दाघर ठण्डा नहीं होता था। भीषण गर्मी! चारों तरफ से बन्द! कोयले के चूर्ण और नमक में लपेटकर रखा गया था।

वही...दुःस्वप्न की शुरुआत थी! उसके बाद, बहुत सारी रातों में बापी का सवाल—"सतु ने तुमसे क्या कहा था?"

बीवी'दी निरुत्तर! उन दिनों उनकी उम्र कुल सोलह वर्ष थी। बापी को क्या बात याद रही थी?

"क्या कहा था? सतु ने तुमसे क्या कहा था?" बापी बार-बार सवाल करते रहे, मगर उन्हें जवाब नहीं मिला।

जैसे जेलर जिरह करता है, बापी भी बार-बार सवाल करते रहे। एक ही सवाल बार-बार! लगातार! बीवी'दी ने सुन रखा था कि उस तरह से पूछे जाने पर, सिर-दर्द होने लगता है और दर्द से परेशान होकर, इनसान सबकुछ उगल देता है। लेकिन वे बापी को क्या बतातीं? सतु'दा ने तो उन्हें कुछ भी नहीं बताया। इसीलिए क्या यह जघन्य प्रतिशोध है? बेटी से बाप क्या प्रतिशोध लेता है? अपने को इतना-इतना प्यार भला कौन करता है? बचपन में तो यही देखा था कि पड़ोसी गाँव का लड़का है; कुलीन वंश है; राजशाही के बैंक में नौकरिया है! प्रचुर धान, ज़मीं-जमा, गाय-बैल! समूचे परिवार में एकमात्र पढ़ा-लिखा, शिक्षित लड़का होना; शहर में रहने का मौका मिलना, हाथ में ज़रूरत से ज़्यादा पैसा होना—इसमें से कोई भी वाणी के पिता के मामले में बढ़िया सुफल नहीं दर्शा पाया।

उन्होंने तो बीवी'दी का नाम तक बदल दिया! उसे रमला नाम दिया। बीवी'दी को भी वह ख़ास बुरा नहीं लगा। लेकिन बाद में जब उन्हें पता चला कि कम से कम उस वकील की बेटी का नाम रमा है, तब उन्हें तकलीफ हुई थी। वाणी के पिता की कल्पना-शक्ति किसी दिन भी बहुत ज़्यादा फैली-बिखरी नहीं थी।

ना! पाँच वर्षों के दौरान बीवी'दी कभी दुर्गाबाड़ी नहीं गयीं। उन्होंने कलकत्ते में कदम नहीं रखा। वे तो बस, जी-जान से कोशिश करती रहीं...कोशिश ही करती गयीं। मुमकिन है कि यूँ कोशिश करते-करते बीवी'दी को किसी दिन चैन मिल भी जाता, लेकिन उस तरफ काम-काज की जगह में, सागापाड़ा के डेरे में हमेशा, हर पल वकील की वह बेटी मौजूद रहती थी। ख़ैर, वह तो पहले भी मौजूद थी, तब बापी ने खबर

क्यों नहीं ली? अन्त में तो उन्होंने उससे विवाह ही कर लिया, यह ख़बर, अगर चाहते, तो पहले ही नहीं जाना जा सकता था? वह शादी किसी न किसी दिन होकर रहेगी, इतनी-सी ख़बर तो बापी जान ही जाते।

"बीवी, तुम क्या सोच रही हो?"

हाबुल उनके सामने बैठा रहा। हाबुल उनके बेटे जैसा ही था। अगर उसने वाणी से विवाह कर लिया होता, तो वह उनके बेटे की जगह लेता। उन दोनों के विवाह का ज़िक्र सुनते ही बीवी'दा के पेंट में कैसी तो गाँठ कस गयी थी। उनके अन्दर की पोर-पोर ने उन्हें रोका था। क्यों? कौन जाने!

"मुझे तो कोई मतलब समझ में नहीं आया, समझी, बीवी?"

"किस बात का मतलब, हाबुल?"

"यह तुम्हारा मामला...वाणी के पिता से इस हद तक विमुख होना! बात क्या है, जानती हो? तुम्हारी उम्र की जो तमाम लड़कियाँ, उन दिनों थोड़ा-बहुत पढ़ना-लिखना सीख गयी थीं, उन सबका दिमाग़ घूम गया था। वे सब अपने को शायद कुमुदिनी समझने लगी थीं। ज़रा सोच, मर्द मात्र ही मधुसूदन बन गये थे।"

नाराज़ होते-होते बीवी'दी हँस पड़ीं। ज़रा अलग तरह की हँसी! वह हँसी निरखकर, कोई ख़ास बेचैनी भी नहीं हुई। हाबुल हँस पड़ा।

"मैं तो नहीं सोचती थी..." बीवी'दी अचानक नन्ही बच्ची की आवाज़ में बोल पड़ीं। उस वक्त वे ऐसी बच्ची बन गयीं, जो अँधियारा देखते ही हाथ की उँगली कसकर थाम लेती है; भूतों के किस्से सुनकर डर जाती है।

बीवी'दी ने अगला वाक्य जोड़ा, "मेरे बापी मौजूद थे, यह बात मत भूलो। वाणी अभी भी मुझे ही इल्ज़ाम देती हैं कि उसके पिता जब लेने आये, तो मैं गयी क्यों नहीं। उतने दिनों में..."

उतने दिनों में अनन्त वकील की बेटी का निधन हो गया था और वाणी का मुँह देखकर बीवी'दी एक बार और कोशिश करने को तैयार थीं। लेकिन पिता की स्नेहहीनता, दायित्वहीनता! थोड़े-थोड़े रुपये टिकाकर, किसी तरह जिम्मेदारी टालने का जिम्मा...इन सबसे निकल पातीं, तो शायद कुछ हो सकता था। पुराने बर्तनों की झलाई करके इनसान क्या काम नहीं चलाता? वैसे यह सब सोचने बैठो, तो रुचि को चोट लगती है, समूचे तन-बदन में हिकारत भर जाती है।

"तुम्हारा जब वहाँ ब्याह कर दिया, तो तुमने कुछ नहीं कहा?"

"नहीं, हाबुल, उस समय कुछ कहने का ख़याल ही नहीं आया।"

"..."

"क्योंकि उस वक्त सतु'दा थे!"

सतु'दा के मामले ने बीवी'दी को ऐसी ज़बर्दस्त चोट दी थी कि वे मारे दर्द के गूँगी हो आयीं। किस तरह विवाह हो गया, माँ कितना-कितना रोयीं, बीवी'दी के दिमाग़ में जैसे कुछ दर्ज़ ही नहीं हो रहा था। लेकिन जिसका ख़्याल आते ही, देह पर कीड़े रेंगने लगते थे, मुमकिन है, उसे क़बूल कर ही लेतीं। इन सबके बीच वाणी जो थी। जिससे विवाह हुआ, उस पति से उनकी रुचियाँ नहीं मिलीं। वे लोग अमानुष थे! पति के जीवन में एक अन्य औरत की बात दबाकर, उन लोगों ने विवाह कर दिया—यह हर बात सच है। लेकिन, वाणी भी तो उतनी ही सच थी। बीवी'दी शायद वही एक बार अपने बापी के खप्पर से निकलकर भाग खड़ी होने की एक राह देखी थी। वैसे राह या गन्तव्य, कोई भी उनकी मनमर्जी का नहीं था। लेकिन बीवी'दी को सबकुछ वापस कैसे मिलता। इसलिए उन्होंने जाना ही तय किया।

"रमला! रमला! आ जाओ, रमला!" कोई पुरुष उन्हें ऐसे असहाय भाव से माँग रहा था, इसी वजह से वे कहीं से हिल गयीं। माँ होने पर मन की सेहत में भी कुछ-कुछ बदलाव आता है। वही एक बार...शायद कहीं उन्हें ज़रूरत की इनसान हो उठने का मौका मिला था। लेकिन बीच में उनके पिता जो थे।

वे ठहरे सम्मानित इनसान! देश-गाँव के गौरव! उनके गौरव की रक्षा करना, बेटी की सुख-शान्ति से काफी बड़ा मामला था। इसलिए उनका जाना नहीं हुआ! बीवी'दी अपने बापी के घर की अन्यतम शोभा बन गयीं! मोम फूल! काठ का चूर्ण ठसे हुए, पंख फैलाये पंछी की मूरत! शरीफ, मितभाषिणी एक दुखियारी औरत, अपने मशहूर पिता का दाहिना हाथ बनकर घूमते फिरना ही जिसका जीवन बन गया था।

बहुत-बहुत वर्षों तक पिता का 'इच्छा-पूरण' बनकर रह लिया! उनका ढेर-ढेर जन्मदिन मना लिया! वाणी ने जब बग़ावत की, तो उन्होंने वाणी को भी हटा दिया। उनके बापी सुखी हों! बापी जो चाहते हैं, वह उन्हें मिले!

सिर्फ इस बार! इस बार ही वे ऐसा नहीं कर सकीं! हाबुल को क्या यह बात बतायी जा सकती है? ख़ैर, जितना बताया जा सकता है।

उतना ही बता दिया जाए।

"हाँ, तो, हाबुल, क्या कह रहे थे तुम?"

"इस विवाह में तुम्हारी राय के बारे में!"

"उस ज़माने में राय कोई नहीं पूछता था, हाबुल!" दरवाज़े से ही सरमा बोल उठी।

बाक़ायदा विरक्त चेहरा! कुछ-कुछ पसीने-पसीने!

उन्होंने जवाब तलब किया, "हाबुल को इतना प्रश्रय क्यों देती हो, बीवी?"

"माँ ऽऽ!" हाबुल बेतरह अचकचा गया।

"यूँ अचानक चौंक उठने जैसी कोई बात नहीं है, हाबुल! उन्होंने निरापद के ज़रिये मुझे फोन कराया था—"

"किसने? बापी ने?"

"ऐसा ही तो लगा।"

"नहीं, नहीं, मैंने ही कहा था—" हाबुल ने कहा, "मुझे लगा था, वह भूल जाएगा।"

"ख़ैर, छोड़ो! मैं बैठती हूँ। सुनो, हाबुल, तुम वाणी को ख़बर दो—"

"हाबुल को पता है कि वाणी कहाँ है?"

"पता लगाने की कोशिश तो कर सकता है।"

हाबुल कह उठा, "तैश मत खाओ, बीवी, मैं वाणी को ख़बर देता हूँ।"

"ख़बर दोगे, जाओगे नहीं?"

"नहीं! आज इस घर में ओल्ड मैन से मेरा एक एप्वाइण्टमेण्ट था, बीवी, यह मत भूलो! चाहे जो भी हो, उन्हें काफी उम्मीद थी कि कल, शायद आखिरी बार, उन्हें घेरकर हल्ला-गुल्ला, हंगामा होगा, अचानक वे ढेरों नयी-नयी बातचीत करेंगे। वे लोग जैसी राजनीति करते थे, उसका चेहरा अब कैसा निकल आया है, और अब वह चेहरा भुना-भुनाकर नहीं चलेगा। इसके बावजूद हम सब उनकी तारीफ ही करते रहे, क्योंकि वे बहुत दिनों पहले ही हट गये थे, इसलिए उनका रिकॉर्ड बेहद साफ-सुथरा है।"

"अचानक वे बातें तुम्हें झूठ क्यों लग रही हैं हाबुल?" सरमा ने पूछा।

"इस बार कोई भी नहीं चाहता, माँ! बीवी नहीं चाहती, मनोरमा सेन नहीं चाहती कि वह ओल्ड मैन हैव हिज़ बिट ऑफ फन! कोई नहीं चाहता कि वे मज़ा करें! क्यों नहीं चाहते, यह जानने की मुझे ज़रूरत नहीं है।"

"तूने क्या सोचा था?"

"मैंने? मैंने...?" हाबुल सिर हिलाने लगा! हाबुल! जो टूट जाता है, मगर झुकता या मुड़ता नहीं, हमेशा जिरह-बख़्तर चढ़ाये, हरक्यूलिस सजा, उसकी आड़ में बैठा रहता था, उसी हाबुल का चेहरा दुःख और शोक से भरा हुआ था। वह आहत हुआ था। इतना बूढ़ा मानस, कई-एक मृत्यु के बारे में कई-एक झूठ बोलता रहा, हाबुल को बेहद तकलीफ हुई थी। हाबुल सिर्फ सच होने में नहीं, भयंकर हिंस्र भाव से सच होने में विश्वास करता है।

"आजकल इतनी कम-सी चीज़ों में 'ग्लोरी'...मतलब गर्व टिका रहता है?"

हाबुल फिर बोल उठा। इस वृद्ध मानस ने वाणी को पाप का भय दिखाया है। उन्होंने हाबुल की एकान्त सुख-शान्ति नष्ट कर दी है। खैर, नष्ट करने दो। इसके बावजूद अटूट रहकर, सिर ऊँचा किये, गौरव टिके रहते-रहते, स्टेज छोड़कर चले क्यों नहीं गये?

"तुझे क्या लगता है, मैं कुछ नहीं जानती? वे क्या कहना चाहते हैं, वह भी सुन लेना। मुमकिन है कि वे बता सकें कि उन्होंने जो किया था, वह किस हद तक सकारण था और कितना अकारण!"

"लेकिन, मन, बीवी ने जो कहा..."

अब, बीवी'दी का चेहरा रक्तहीन हो आया। उन्होंने हथेली से अपना चेहरा ढँक लिया।

थोड़ा ठहरकर उन्होंने कहा, "तुम वाणी को ख़बर करो, हाबुल! तुम दोनों को ही शायद...तुम दोनों के ही प्रति मैंने ग़लती की है, हाबुल।"

बीवी'दी ने अपनी आँखें ढँक लीं। उनकी आँखों से बूँद-बूँद आँसू झरने लगे। उनकी छाती के अन्दर मानो कुछ पिघल-पिघलकर उतरता जा रहा था। बापी अगर स्नेहहीनता के गुनहगार हों, तो बीवी'दी भी गुनहगार हैं। उन्हें खुद सुख नसीब नहीं हुआ क्या इसीलिए उन्होंने वाणी की राह में रुकावट डाली? बीवी'दी ने क्या सतु'दा को प्यार किया था? उसका नाम क्या प्यार होता है? अगर यह सच है, तो उनके प्यार का अहसास होते ही, सतु'दा मन ही मन आतंक से सिहर क्यों गये?

"सरमा, तुम तो सच जानती हो। सतु'दा सचमुच मेरा भाई नहीं था।"

"जानती थी, बीवी!"

"सुना है, मैंने उसकी माँ की छाती का दूध पीया था, सरमा! मुझे वे सब बातें याद नहीं रहीं—"

"बीवी, तुम कहती रहो! कहने से तुम काफी हल्की महसूस करोगी, बीवी!" सरमा ने मुँह फेर लिया।

इतने अर्से बाद, बीमारी के आवेग में बीवी ने ज़ुबान खोली है, वे सुन रही हैं। इसमें कहीं कोई शर्मिन्दगी का भी मामला है। वे तो झूठमूठ दुःख देने के लिए बीवी को डाँटने आयी थीं। लेकिन दिल के मरीज अगर बीमार हों, तो आप डाँट नहीं सकते। बीवी, तुम स्वाभाविक हो जाओ। इन लोगों को तकलीफ देने का तुम्हें सच ही कोई अधिकार नहीं—इस वक्त यह बात कहने से क्या फ़ायदा? इनसान क्या अपने स्वभाव की माप करनेवाले लक्षणों का दायरा लाँघ सकता है? सिर्फ धीरे-धीरे वह दायरा कब जमकर सख़्त हो जाता है और चट्टान बनकर दीवार खड़ी कर देता है, इनसान को ख़बर ही नहीं होती।

"तुम बात करो, बीवी!"

"माँ की मौत के बाद वह आया था, सरमा! उस समय उसकी उम्र, मान लो सोलह थी। मेरी उम्र हद से हद बारह वर्ष थी। हमारा घर ऐसा नहीं था कि वहाँ बाहरी किसी को खींच लाया जाए।"

माँ और बापी में व्यक्तित्व की जंग थी। वह भयंकर जंग थी। बापी के सबकुछ के साथ एक अन्य जीवन भी था। मुमकिन है...मुमकिन है वह ग़लत बात नहीं थी, कम से कम उस ज़माने की मापकाठी पर! लेकिन माँ बर्दाश्त नहीं कर पाती थी। वे कहा करती थीं—"तुम्हारा बाहरी रूप सिर्फ छलावा है।" शायद सारा का सारा छलावा नहीं था। लेकिन दोनों कभी शान्त या विनम्र होकर एक-दूसरे को देखना नहीं जानते थे। दोनों के बीच पर्त-दर-पर्त दीवार उठती जा रही थी। महज़ दीवार! बीवी'दी बाहर-बाहर अकेले-अकेले घूमती हुई देखती थीं कि घर के बाहरी हिस्से में बापी को घेरकर घोड़ागाड़ी, ढेरों सदस्य, लोग-बाग़, उत्सव-समारोह जारी है। घर के अन्दर माँ अपने अभिमान में अटल! मूर्ति की तरह स्थिर! डॉक्टर का कहना था कि अन्दर ही अन्दर घुटते और कसकते रहने की वजह से ही माँ की छाती का दर्द ऐसा सर्वनाशी हो उठा था।

"इसके बावजूद सतु'दा आया था! बापी के पास ही आया था। बापी की वजह से ही वह राजशाही के स्कूल में पढ़ पाया था। माँ के आखिरी वक्त में उनका इलाज हुआ था। वह बापी को देवता मानकर आया था।"

"वे तो परोपकार करते ही थे, बीवी! कितने ही लोगों का भला किया था उन्होंने।"

"हाँ—"

अचानक बीवी'दी अचकचा गयीं। उनके मन में गर्व क्यों उभर आया? इसलिए उनके बापी ने बहुतों के लिए बहुत कुछ किया है? वे तो अपने पिता को प्यार नहीं करतीं।

"सतु'दा मुँहचोर था! असम्भव लजाधुर! मेरे अलावा और किसी से बातचीत शुरू करने में उसे काफी वक्त लगा था।"

सिर्फ बीवी से बातचीत करने में उसे ज़्यादा दिन नहीं लगा।

एकमात्र सतु'दा ही पूछता था, "तुम्हें बेहद अकेला-अकेला लगता है न, बीवी? वे दोनों ही जन इतने व्यस्त रहते हैं—"

हाँ, माँ भी व्यस्त रहती थीं। माँ अपना दुःख लिए, अभिमान लिए, बीभत्स तर्कहीन क्रोध लिए, वे पगलाये ग्रह की तरह बाप के इर्द-गिर्द घूमती रहती थीं। बापी शाम के वक्त दारू पीते थे, यह बात सभी लोग जानते थे, लेकिन माँ इस बात को लेकर प्रत्येक दिन रो-रोकर, तीखे गुस्से से उबल-उबलकर विचित्र काण्ड मचा देती थी। इसीलिए सतु'दा बीवी के साथ बातचीत करता था, उसके साथ घूमता-फिरता था।

"धीरे-धीरे वह हमारे घर का आदमी बन गया और सती जेठू का परिवार जब बेगमपुरवाले मकान में पहुँचा, तो सतु'दा कभी-कभी वहाँ भी चला जाता था। बापी अपने गुप्त और ज़रूरी काम उसी से कराते थे। वे उस पर ही भरोसा करते थे। मेदिनीपुर के पहले फिरंगी मजिस्ट्रेट की जब हत्या हो गयी, तो कचहरी के बार में बैठे बापी को यह जानकारी मिली कि शिकार के दौरान फिरंगी डी सी ने कहा है कि जल्दी ही धर-पकड़ होगी। उस समय बापी भी शिकार पर जा रहे थे। सतु'दा के ज़रिये उन्होंने ख़बर भी भेज़ दी थी और खुद शिकार पर निकल पड़े थे।"

भरोसेदार बनते-बनते, सतु'दा बापी से यूँ जुड़ गया था, इतना अन्धा हो गया था वह कि माँ को किसी दिन अमान्य न करने के बावजूद बापी को दुःखी करने के लिए वह उन्हें ही जिम्मेदार ठहराता था।

"बहुत सारे दिनों की बहुतेरी बातें हैं, सरमा..." यह कहते-कहते बीवी'दी को यह भी ख़्याल आया कि सतु'दा के बारे में वह सरमा को किसी हाल भी नहीं समझा सकती। सबकुछ विशुद्ध, सबकुछ पवित्र, ऐसी-गहन-गम्भीर दुःखी-उदास आँखें, बीवी'दी ने अन्यत्र कभी नहीं देखा था। सारा कुछ जैसे कहीं काफी चला गया हो। बीवी'दी के जीवन में जैसे कहीं, कुछ भी न घटा हो, वो आँखें ऐसी अलीक लगती थीं।

बीवी'दी सिर्फ जब राँचीवाले मकान में जाती थीं, गेट खोलकर अन्दर दाखिल होती थीं, सुदूर मोरावादी पहाड़ का शिखर नज़र आता था, जब वह घर खामोश खड़ा रहता था, सिर्फ तभी उन्हें सतु'दा सच्चा लगता था।

यूकेलिप्टस का हर पेड़, आँवले का हर पेड़ मारे अभिमान के मुँह फेरे रहता था। अँधेरा मुहल्ला, अँधेरा वाताश मानो बीवी'दी के पाँव जकड़कर कहता था–तुम हमें भूल गयी हो।

नहीं, मैं तुम्हें भूली नहीं हूँ, सतु'दा! तुम्हें मैं भुला ही नहीं सकती– बीवी'दी के अन्दर रुलाई उमड़ आती थी। तुम्हारे लिए अब मेरी आँखों में आँसू नहीं आते, लेकिन अभी भी तुम्हें याद किये बिना मैं बोगनबेलिया के सुर्ख-लाल फूलों को निहार नहीं पाती। जब कभी तुम्हारे दोनों हाथ थामकर मैं यह जानना चहती हूँ कि तुम चले क्यों गये, सतु'दा? तभी मेरी नज़र पड़ती है कि मेरी हथेलियाँ, तीस वर्ष पुरानी लता में जकड़ती जा रही हैं। मेरे चारों तरफ कहीं, कोई नहीं है, सिर्फ आज का हवा-वाताश लहरा रहा है। मैं चौंककर जाग जाती हूँ। तुमने मुझे दर्द देकर एक ही दिन में छोटी से बड़ी कर दिया था। जो बन्दा पहली बार वयस्क कर देता है, लड़कियाँ उसे कभी नहीं भूलतीं।

कैसे-कैसे तजुर्बे देकर वयस्क कर दिया जाता है! मृत्यु इस बारे में निरुत्तर है। दग़ाबाज़ी! ज़िन्दगी भर जिसे दग़ा देना नहीं आया। वही उन्हें यूँ दग़ा देकर कैसे चला गया, बीवी'दी अक्सर सोचा करती हैं।

"सात्यकी तुमसे शादी करना चाहता था?"

"हाँ, सरमा!"

"तुम्हारे पिता ने शादी नहीं होने दी?"

"हाँ! अचानक उन्होंने कहा कि इसका नाम पाप है।"

"तुम्हें आश्चर्य हुआ था?"

"अपने बापी की बात पर?"

"पहले तो सतु'दा की बात पर! उसके बदा बापी की बात पर!"

उसके बाद, और ज़्यादा अवाक् होने का वक्त नहीं था। सारा कुछ कैसा तो गडमड हो गया। इतना दुर्बोध। इतनी निष्ठुरताभरा! चूँकि समझ में नहीं आता। इसीलिए क्या के कई-कई बर्ताव निष्ठुर जान पड़ते हैं।

"बीवी तुमने क्या कभी...?"

"नहीं, सरमा, मुझे नहीं पता। सतु'दा मुझे सबसे ज़्यादा अपना लगता

था, जितनी यह बात सच है, उतना ही यह भी सच है कि उसे मैं जैसा जानती थी, उससे अलग, कोई और तरह मैंने उसे और रूप में कभी नहीं समझा! लेकिन, पता नहीं, मुझे हमेशा यही लगता है कि सतु'दा वह जो उस बार बेगमपुर गया, जाने कैसा तो उसे खट्का लगा था।"

सतु'दा कैसा तो उद्भ्रान्त होकर मेदिनीपुर लौट आया। जाने कौन-सा बोझ तो उसे कुचले-पीसे डाल रहा था। बापी को तो जाने क्या हो गया था। वे सतु'दा को हर पल आँखों-आँखों में रखे हुए थे। बीवी'दी को सतु'दा और बापी की कोई एक बात याद हमेशा याद रही।

सतु'दा ने कहा था, "यह उचित नहीं होगा। आप ऐसा काम न करें—"

बन्दूक साफ़ करते-करते बापी हँस पड़े।

"आप कहें कि आप नहीं जाएँगे—"

बापी ने कहा, "लगता है, तुम्हें नींद नहीं आती। है न, सात्यकी!"

"ना!" सात्यकी फफक-फफककर रो पड़ा।

"तुम नींद की दवा क्यों नहीं लेते?"

"जी नहीं!"

"असल में, तुम सन्तुलन नहीं रख पाते!" बापी की आवाज़ निरुद्विग्न सुनाई दी, मानो उन्हें ख़ासा मज़ा आ रहा हो।

"मैं आपको..."

"तुम सोने जाओ, सात्यकी!" बापी ने आदेश दिया।

उसके अगले दिन ही सतु'दा ने वह अद्भुत बात कही थी, "मेरे साथ चलोगी, बीवी? हम बहुत दूर चले जाएँगे।"

बीवी'दी को आज भी सिर्फ यही लगता है कि सतु'दा ने उसे बचाना चाहा था। पता नहीं किससे तो वह उन्हें बचाना चाहता था।

इसीलिए, यह असम्भव प्रस्ताव! क्या उम्र थी सतु'दा की? बीस या इक्कीस? उनके जीवन में कोई सहाय-संगति नहीं थी, सिर्फ एक अद्भुत यन्त्रणा भरा उन्मत्त आवेग था। भयंकर टूट गया था सतु'दा और यन्त्रणा झेल रहा था। वह जिन्हें देवता मानता था, उसी हरिकेश से वह भयभीत हो उठा था। सतु'दा को क्या हुआ था?

लेकिन, अब जानना सम्भव नहीं है। उसके सारे सवाल निरुत्तर! फाँकी! सबकुछ विराट फाँकी! सतु'दा मर चुका था। बीवी'दी एक धक्के में बड़ी हो गयी थीं। लेकिन बापी के मुँह पर, माँ के मुँह पर कुछ कहने का साहस भी वह दिखा गया था।

उसने कहा था, "जाने कब तो उसने मेरी माँ का दूध पीया था, इसी वजह से वह मेरी बहन नहीं हो गयी, यह बात आपलोग भी जानते हैं।"

"लेकिन ऐसा नहीं हो सकता। यह अस्वाभाविक है।"

"जो हो रहा है, वह कौन-सा स्वाभाविक है?" सतु'दा ने मानो डपट दिया। अगले ही पल उसने अपनी बात पूरी की, "तब आप बीवी को यहाँ से हटा दीजिए। उसे और कहीं भेज दें! बीवी यहाँ ख़त्म हो जाएगी।"

बीवी के पिता ने कहा, "बे-चा-रे तुम! तरह-तरह के दायित्व का बोझ लिए-लिए अब तुम झेल नहीं पा रहे हो।"

"ना! मुझसे और झेला नहीं जा रहा है–" इतना कहकर सतु'दा कमरे से बाहर निकल गया।

मेदिनीपुर से वे लोग, राँची चले जाएँगे, यही तय हुआ था। सब ठीकठाक भी हो गया। लेकिन बापी कलकत्ता से बेगमपुर क्यों चले गये? सतु'दा अकेला ही राँची क्यों गया? बीवी'दी लोग एक दिन देर से क्यों गये? बीवी'दा आज तक नहीं समझ पायीं।

"पता है, सरमा, बापी ने सतु'दा की आत्महत्या की एक व्याख्या दी थी। उन्होंने कहा कि उसकी नसें अन्दर ही अन्दर टूटती जा रही थीं। वह समझ गया था कि इस हालत में अगर पुलिस ने उसे गिरफ़्तार कर लिया, तो वह अपने को ख़ामोश नहीं रख पाता, इस बात का उसे खुद अन्दाज़ा हो गया था। इसीलिए वह आत्महत्या करके फरार हो गया।"

"किसी ने जानना नहीं चाहा था जानने की कोशिश नहीं की?"

"कोई भी नहीं! जो लोग देश के काम से जुड़े हुए थे, उन सब नौजवानों का आत्महत्या करना, खूब बिरल नहीं था। इसके अलावा यह व्याख्या बापी ने दी थी। बापी की बात पर भला कौन अविश्वास करता, तू ही बता?"

"तुमने विश्वास किया था?"

"ना! किसी दिन भी नहीं! बापी ने पुलिस को कोई और वजह बतायी थी! प्यार में व्यर्थता! उन्होंने एक झूठी कहानी गढ़ दी थी।"

"पुलिस ने विश्वास कर लिया?"

"बे-शक! बापी की बात पर अविश्वास करने की कोई सोच भी नहीं सकता था। सिर्फ मैंने भरोसा नहीं किया था। मुझे पता था कि बापी ही किसी न किसी तरह से सतु'दा की मौत के लिए जिम्मेदार है।"

बीवी'दी की आँखों से आँसू बह निकले। अच्छा, आँखों के आँसू

क्या इतने कड़वे होते हैं? बीवी'दी आज ये सब बातें क्यों छेड़ बैठीं? उनके बापी की उम्र अस्सी वर्ष हुई, उनकी इक्यावन वर्ष! आज ये सब बातें सोच-सोचकर क्या फ़ायदा?

"यह मैं कैसी हो गयी हूँ, सरमा?" बीवी'दी ने रोते-रोते कहा, "आज भी मुझे यह क्यों लगता है कि बापी सब कुछ जानते थे? मैं शायद बहुत नीचे उतर गयी हूँ, सरमा!"

यह वाक्य कहते हुए अचानक वे चौंक उठीं। बापी ने उनके प्रति नाइन्साफी की है, बहुत सारे वर्षों से बीवी'दी को यही सोचने की आदत पड़ चुकी है। लेकिन वे भी अपने पिता के प्रति नाइन्साफी कर रही हैं या नहीं, इस बारे में उन्होंने कभी नहीं सोचा!

सब कुछ कितना जटिल! कितना गड़बड़ है! बीवी'दी ने अपने आँसू पोंछ लिए।

सरमा इतनी देर से गरम पानी के गिलास में चम्मच हिला-हिलाकर जाने क्या तो तैयार कर रही थी!

अब जाकर उन्होंने ज़ुबान खोली, "थोड़ी-सी दूध-चाय पीयोगी, बीवी?"

"दूध-चाय?"

"मैं हमेशा एक थर्मस अपने साथ रखती हूँ, बीवी! घूमते-फिरते घूँट भर लेती हूँ, बीवी! तुम भी पीकर देखो, बड़ा बलवर्द्धक है।"

"पी लूँ?"

"हाँ, पीओ न! इसके अलावा अब तो तुम्हारी तबीयत बेहतर है न, बीवी?" सरमा की आवाज़ अनमनी हो आयी।

दूध-चाय गले से पेट में उतरते ही, बीवी के तन-बदन में मीठा-मीठा उत्ताप फैलने लगा। ख़राब तबीयत के समय चाय पीते देखकर डॉक्टर मुस्तफी खुश नहीं होते। ...मेदिनीपुर में सतु'दा को एक बार बुखार चढ़ गया। मेदिनीपुर में हमेशा पंकज डॉक्टर को ख़बर दी जाती थी। पंकज डॉक्टर बुखार के दिनों में कभी खाने की अनुमति नहीं देते थे, उपवास कराते थे। दिनोंदिन इलाज भी कितना बदल गया है। लेकिन, सरमा किस सोच में डूबी है?

"क्या सोच रही हो, सरमा?"

इस वक्त बीवी, दी के मन में एक किस्म का उत्ताप, आराम और राहत बिछ गयी थी। सरमा के लिए मन के अन्दर कोई नया खिंचाव जाग उठा।

—सरमा, मुझे छोड़कर मत जाता! मेरी उम्र में मन सिर्फ मित्र खोजता है। कितने ही लोग भाग्यशाली होते हैं। माँ-बाप, बेटे-बेटी, सबके साथ सबकी दोस्ती होती है!

सरमा सच ही किसी सोच में डूबी हुई थी।

अब जाकर उन्होंने ज़ुबान खोली, "बीवी, एक काम करोगी?"

"क्या काम, सरमा?"

"हाबुल और वाणी से क्या तुम कह सकोगी कि उन दोनों ने कोई गुनाह नहीं किया? पता है, पिछले कई दिनों से हाबुल निहायत अस्वाभाविक रूप से, बहुत ज़्यादा सोच रहा है। मुझे समझ में आ रहा है कि जाने कौन-सी सोच तो उसे अन्दर ही अन्दर मानो ज़हर भरती जा रही है। यह पाप-ताप की बात, यह तुम्हारे घर की बात है, बीवी, मुझे इस पर विश्वास नहीं है। इसके अलावा हाबुल तो मेरे ही हाथों गढ़ा हुआ बच्चा है। मैं जानती थी, कि अपने हाथों, कोई बहुत बड़ा अन्याय करना भी उसके लिए सम्भव नहीं है।"

"सरमा...!"

"इसके अलावा, वाणी अब तीस वर्ष की हुई, बीवी! हाबुल उससे भी कुछ बड़ा है। उम्र उन लोगों के लिए भी ठहरी हुई नहीं है। दूसरों के मामले में, ख़ासकर इन सब मामलों में तुम क्यों बोलने गयीं, बीवी?"

उत्ताप ठण्डा पड़ता जा रहा था, राहत खत्म होती जा रही थी। बीवी'दी मानो देख पा रही थी कि सरमा कितनी जल्दी दूर चली जा रही हैं। वे क्या करीब आ रही थीं? जिस उम्र में मित्र की सबसे ज़्यादा ज़रूरत होती है, उसी उम्र में मित्र नहीं मिलता।

"नाते-रिश्तेदारों में...बापी ने कहा था..."

"नाते-रिश्तेदार? बीवी, तुम्हारे पिता ने नहीं, तुमने ही सबसे ज़्यादा रुकावट डाली है। बेटी को तुमने दूर हटा दिया है। बेटी को दूर हटाकर भी, मुमकिन है कि तुम जी पाओ, लेकिन मैं..."

सरमा ठिठक गयीं। रुचिहीनता! किस कदर रुचिहीनता! कितनी असभ्यता है। उसे अपनी बेटी के लिए तकलीफ नहीं होगी! एक मैं ही स्नेहमयी माँ हूँ! इस किस्म की बातें करना, कितनी असीम बेवकूफी है! सरमा लोगों के को-ऑपरेटिव में अनेक क़िस्म की लड़कियाँ, औरतें आती हैं। खुश-खुन नौकरी करनेवाली; राजनीति करनेवाली! जो लोग मेरे बेटे हैं, मेरी बेटियाँ हैं, मेरे वात्सल्य के ज़िक्र पर उमड़ी पड़ती हैं।

चाहे जितना भी घिसा-मँजा चेहरा क्यों न हो, सरमा को वे लोग हमेशा ही भीषण असभ्य लगे हैं।

"बीवी, तुम बुरा मत मानना। वक्त-वक्त पर हम सब ही काफी नीचे उतर सकते हैं–" सरमा ने ईषत् मुस्कराने की कोशिश की! अगले ही पल उन्होंने कहा, "बीवी, तुम ज़रा देर सो लो।"

बिना किसी प्रतिवाद के, बीवी'दी ने आँखें मूँद लीं। काश, नींद इतनी आसानी से आ जाती। आँखें मूँदते ही उन्हें ख़्याल आया कि इस वक्त ज़्यादा देर तक सोने का, उनके पास वक्त नहीं है।

सरमा उनकी बगल में बैठी रहीं।

बीवी'दी के कमरे का हर खिड़की-दरवाज़ा खुला हुआ था। शरद की धूप में ताप कुछ कम नहीं होता। जितनी तो गर्मी, उतनी ही आँखें चौंधिया देनेवाली चमचमाती धूप! इन दिनों चूँकि चारों तरफ से धूप आती है। इसलिए पर्दों के रंग भी झुलस जाते हैं, किताबों की जिल्द मुड़कर टेढ़ी हो जाती है। समूचा कमरा मानो हाहाकार करता है। प्रचण्ड गर्मी में भी बीवी'दी खिड़की खोलकर, पंखा ऑन करके लेटी रहती हैं। इस वक्त सरमा को लगा कि एक बार हरिकेश से भी मिल आना ज़रूरी है।

हज़ार हो, आखिर उनका जन्मदिन है आज! बुढ़ापे में क्या, छुटपन में भी जन्मदिन मनाना, सरमा को बेवकूफी लगती थी। उसे यह अतिशयता लगती थी, फिर भी तो लोग-बाग़ जन्मदिन मनाते हैं। एक अदद माला और थोड़े-से चन्दन में हरिकेश को अगर आज भी खुशी होती है, तो हो ले न! थुड़-थुड़ बूढ़ा, एक म्यूजियम पीस ही तो है, वह जो चाहता है, उसे होने देते तो बात ख़त्म हो जाती।

यही सब सोचते-सोचते सरमा को ख़याल आया कि हाबुल, वाणी को खबर देने, शायद खुद ही चला गया है। यह ख़याल आते ही सरमा दुःखी हो आयी। काफी लम्बे अर्से तक हाबुल के प्यार पर सरमा का अकेले ही एकाधिकार था। अब वह जगह छोड़कर पीछे हट जाने में खुशी भी होती है और दुःख भी! लेकिन अब बार-बार यही लगता है कि वे बूढ़ी होती जा रही हैं।

सात

"मैं एक जन बंग विधवा हूँ–" मनोरमा सेन के ख़त की पहली लाइन! इस कमरे से निकलकर जाते समय, हाबुल हड़बड़ी में सारे काग़ज़ात यहीं छोड़ गया था।

नहा-धोकर, खाना खाने के बाद, सफेद-नरम कुर्ता और वर्मा की लुंगीनुमा पायजामा पहनकर हरिकेश कुर्सी पर बैठने जा ही रहे थे कि उनकी नज़र उन काग़ज़ात पर पड़ गयी। आजकल हरिकेश यह लुंगी-पायजामा पहनकर ही सबसे ज़्यादा आराम पाते थे। निरापद उनके पायजामे में इतनी बढ़िया गिरह लगा देता था कि पायजामा किसी हाल भी नहीं खिसकता था।

आजकल खाना खाने के बाद, उनके लिए कुछ न कुछ पढ़ना ज़रूरी था, वर्ना उनका खाना हजम नहीं होता था। कान के पास, सिर के पीछे भयंकर गुदगुदी होती थी। हँफनी का तो मतलब ही है एलर्जी! जाने किसने तो कहा था कि आर्सेनिक इलाज से ठीक हो जाता है। लेकिन नील रतन सरकार ने कहा था–"हँफनी तो ठीक हो जाएगी, मगर एक्जिमा का रोग पकड़ लेगा।" ये दोनों एक ही किस्म की एलर्जी है–भाई-बहन! हरिकेश ने उन दिनों आर्सेनिक इलाज नहीं कराया। इसके लिए वे खुद को और अपनी सुबुद्धि को धन्यवाद देते हैं।

बूढ़ा होना तो एक अभिशाप है। इनसान की इच्छा-मृत्यु क्यों नहीं होती? सेहत सख़्त-पुख़्ता रहते-रहते आदमी क्या विदा नहीं ले सकता? हरिकेश को तो हँफनी की वजह से ही शर्मिन्दगी होती रहती है। उसके ऊपर से हाथ-पैर में अगर एक्जिमा या दाद उभरा होता, दिन-रात अगर कफ उगलते रहने या डायबिटीज़ की वजह से उनकी सेहत मरगिल्ली हो जाती, तो हरिकेश क्या करते?

"आप वे काग़ज़ात खुद पढ़ेंगे?"

हाबुल बैठा रहा। कमरे के कोने में, बदन टिकानेवाली कुर्सी पर जाने कहाँ तो, किसे ख़बर देकर वह हड़बड़ाया-सा कमरे में आया।

हरिकेश के हाथ में काग़ज़ात देखकर वह ज़रा भी नहीं सकपकाया।

उसने झुँझलाकर सिर्फ इतना भर पूछा, "इतने छोटे-छोटे अक्षर आप कितनी देर तक पढ़ते रहेंगे?"

अब जाकर हरिकेश की ज़ुबान खुली, "हाँ, मैं खुद ही पढ़ूँगा। तुमने

तो जो कहा, उससे तो मैं ख़ूनी, हत्यारा साबित होता हूँ। मर्डरर को हमेशा ही अपने पर लगा आरोप जान लेने का हक़ है, हाबुल!"

हरिकेश हँस पड़े, मगर हाबुल समझ गया, वे अन्दर ही अन्दर बेचैन हो उठे हैं।

"...मैं एक बंग विधवा हूँ..." हरिकेश ने भौंहें सिकोड़ीं, "यह भी लेखन का एक किस्म का अभ्यास है, समझे, हाबुल? पचास-साठ साल पहले, यह शैली काफी प्रचलित थी। बंग जननी तो चलो, समझ में आ गया, लेकिन यह बंग-सधवा, बंग-विधवा...इन शब्दों का मतलब समझ में नहीं आया। इसका क्या मतलब होता है, बताओ तो?"

"देखिए, साहित्य के प्रश्न पर, हम बाद में भी बहस कर सकते हैं।"

"ओऽऽऽ!" हरिकेश गम्भीर हो आये।

उन्होंने मेग्निफाइंग-ग्लास काग़ज़ पर रखा। हरिकेश की कुर्सी के हत्थे पर पढ़ने के लिए रोशनी पहले से ही फिट है। मोटे काँच के नीचे के दुर्बोध अक्षर अचानक चमक उठे।

"...अब मैं बिस्तर से लगी मरीज हूँ। मुझे जीने का अब कोई भरोसा नहीं रहा..." हरिकेश के हाथ आवेग से काँपने लगे।

मनोरमा ने एक बार उन्हें ख़बर क्यों नहीं दी? उन्हें एक बार आने क्यों नहीं दिया? उनसे रुपये लेने के बारे में तो मनोरमा सोच भी नहीं सकती थी। वह तो तकदीर अच्छी थी कि जिस भतीजे के घर पर उसकी मौत हुई, वह इनसान बुद्धिमान था। उसने रुपये-पैसे—सारा कुछ हाथ पसारकर लिया। हरिकेश जानते थे कि मनोरमा काफी भोग-भोगकर मरी, लेकिन फिर भी...! मनोरमा की अपनी लिखावट में लिखा हुआ पढ़ना कितना तकलीफदेह है! काफी दुःख होता है।

"...अपने पति स्वर्गीय सतीकान्त सेन की मृत्यु के बारे में मैं चन्द तथ्यों की जानकारी देना चाहती हूँ। आपको लगेगा कि इतना समय गुज़र जाने के बाद, अब यह प्रसंग क्यों? लेकिन यह प्रसंग लेकर, मैं जिनके भी पास गयी, उन्होंने कहा कि यह अतीत का प्रसंग है। अब इसे उठाकर कोई फ़ायदा नहीं है। मेरे पति के सहकर्मियों में जो लोग घनिष्ठ थे, वे लोग, यहाँ तक कि देउलूटी के फणि नाग तक ने मुझे खामोश रहने की सलाह दी। अब, मेरी एक ही इच्छा है कि यह तथ्य प्रमाणित हो। मेरे पति विश्वासघाती नहीं थे। मैं ठहरी मामूली औरत! मुझमें क्षमता या संगति नहीं है। मैं ठीक तरह यह बात साबित और प्रचारित करूँ, यह

बूता मुझमें नहीं है। माननीय हरिकेश चौधरी का किसी ज़माने में सभी लोग सम्मान करते थे। वे मेरे पति के छात्र-जीवन के मित्र थे। उनके जितना और कोई भी नहीं जानता कि सच क्या है और झूठ क्या..."

मनोरमा का ख़त! उन दिनों बँगला स्कूलों में अच्छी बँगला में ख़त लिखना सिखाया जाता था।

"ख़त का अगला हिस्सा आपने नहीं पढ़ा?"

"पढ़ लूँगा।"

"जब वे सतीकान्त की मृत्यु के बारे में सच बात उजागर करने की कोशिश कर रही थीं, उस वक्त जो लोग चाहते, तो सारा कुछ जान सकते थे, वे लोग ज़रा भी आगे नहीं आये, क्यों? उस समय इन भद्र महिला की उम्र तो कम ही थी। बेचारी असहाय, विधवा..."

"हाँ, उसकी उम्र इक्कीस वर्ष थी। सती उससे चौबीस-पच्चीस वर्ष बड़ा था।"

"किसी ने उनकी मदद क्यों नहीं की? उन दिनों आप काफी ऊँचाई पर थे। आपने क्या परोक्ष रूप से कोई दबाव डाला था?"

हरिकेश निरुत्तर!

"दबाव डाला था? मेरा यह जानने को बेहद मन होता है कि इनसान अपनी कोई कमजोरी ढँकने के लिए, दूसरे किसी इनसान पर कैसा क्रूर नाइन्साफी कर सकता है। आपको क्या लगता है कि आपने मनोरमा सेन के साथ न्याय किया था? बताइये न! आपने तो कानून को काफी खँगाला है। 'जस्टिस लॉ' काफी उलट-पलटकर देखा है और जस्टिस के बारे में भी काफी कुछ पढ़ा है।"

"मैं उसकी मदद करना चाहता था, हाबुल! लेकिन वह जा चुकी थी।"

"मदद? माइ गॉड! उन्होंने तो कहा कि उनके पति की मृत्यु के लिए आप ही जिम्मेदार हैं। शी वाण्टेड द ट्रुथ टु कम आउट! वह सच उजागर करना चाहती थी। स्क्रीमिंग ट्रुथ! और आप कह रहे हैं कि आप उनकी मदद करने गये थे?"

"इससे उसका भी भला नहीं होता, हाबुल!"

"यह बात वे जानती थीं। जानते-समझते हुए भी वे सच जाहिर करना चाहती थीं। मैं तो उनकी तारीफ करता हूँ।"

हरिकेश ने अपने माथे और गर्दन पर उभरी हुई, पसीने की बूँदें पोंछीं।

"आप जानते हैं, उनकी मौत कैसे हुई?"

"सुना है, वे बीमार थीं।"

"इण्टेस्टाइन कैंसर! उन्हें पेट का कैंसर हो गया था। उस रोग की यन्त्रणा आप समझते हैं? उनकी उम्र में किसी को यह रोग होने का मतलब जानते हैं? सच पूछें, तो उन्होंने बिना इलाज के ही, बेमौत दम तोड़ दिया।"

यानी मनोरमा का वह भतीजा बद्‌जात था। गला खँखारते हुए, आँसू पोंछते-पोंछते, मनो के नाम से वह जो रुपये ले जाता था, वह मनो के काम नहीं आया। यह भी एक क़िस्म का इन्साफ था—हरिकेश के बिल्कुल आखिरी दिनों में ज़हर भर देना! हरिकेश क्या चाहकर भी बैंजनी अनारस, गाढ़े-नीले जुही फूल, जोगिया रंग की घास की कल्पना कर पाएँगे? बिल्कुल बच्चा बनकर सपनों के बाग़ में दौड़ा-दौड़ी कर पाएँगे? बुढ़ापे की उम्र में सुख-आराम, चैन-राहत के लिए बहुत कुछ नहीं बचता। जो बच रहता है, ये सपने वगैरह, वह भी हाबुल नष्ट किये दे रहा है। कितने ही लोग बिना खाये, फाके करते हुए दम तोड़ देते हैं; बिना इलाज के ही उनकी साँसें टूट जाती हैं; बम के हमले में मर जाते हैं और उपेक्षा की मार खाकर भी लाश बन जाते है। लेकिन हरिकेश को यह सब जानने की क्या गरज़ थी? दरवाज़े पर बूढ़न का तीर-धनुष टाँगकर भी कोई लाभ नहीं हुआ। आजकल घर के दरवाज़े से सभी लोग अन्दर घुस आते हैं। इस कमरे में बूढ़न के गीत-वीत का भी कोई मतलब नहीं है। इनसान के जीवन में दुःख और अशान्ति इतनी अधिक है...!

"आपके पास कहने-बताने को क्या कुछ भी नहीं है?"

"मैंने सती का खून नहीं किया, हाबुल! डोण्ट बी एब्सर्ड!"

"क्या हुआ था?"

"क्या हुआ था?" हरिकेश में अचानक साहस मिला।

हज़ार हो, यह एक 'डेड' मरी हुई कहानी थी। हाबुल इसका इस्तेमाल हरगिज़ नहीं करेगा।

"मनोरमा को मैं सती से पहले ही पहचानता था। गुण्डों द्वारा अपहरण करके ले जायी गयी मनोरमा! बरिसाल कोर्ट में जब मुकदमा चला, उसका नाम गीता था...।" हरिकेश बताने लगे।

वह केस हरिकेश ने ही लड़ा था। उन्हें कलकत्ता से लाया गया था, क्योंकि उस समय यह जानकारी मिली थी कि इसके पीछे कोई बहुत बड़ा गिरोह है। उन लोगों के साजिशों का जाल काफी दूर-दूर तक बिछा हुआ था।

"उस ज़माने का समाज कुछ कम कठोर नहीं था। उसे वापस लौटा लाने की बात कोई सोच भी नहीं सकता था। मैं उसे कलकत्ता ले आया और उसे आश्रम में डाल दिया था।"

'मनोरमा' नाम भी उन्होंने ही दिया था। मनोरमा उनकी श्रद्धा करती थी। उनके अहसान का कर्ज़ वह कभी भी नहीं चुका सकती थी। हरिकेश ने उसके बदले में अगर थोड़ा-सा स्नेह माँगा हो—थोड़ा-सी हमदर्दी, तो यह अन्याय कहाँ है? लेकिन सतीकान्त सेन ने उससे विवाह कर लिया। सिर्फ चुटकी भर सिन्दूर डालकर, कालीघाट का दो शांखा पहनाकर, सतीकान्त ने उसे ख़रीद लिया।

हरिकेश ने भी कहा—सतीकान्त महानुभाव है। लेकिन, मनोरमा के चेहरे पर उजली-धुली शान्ति, निर्मल आनन्द देखकर, उन्हें कहीं ईर्ष्या भी हुई। वे समझ गये कि मनोरमा किसी दिन भी, सतीकान्त जितनी श्रद्धा उन्हें नहीं दे सकती।

"उसके बाद, सतीकान्त बेगमपुर चला गया।"

बेगमपुर की कोठी में सतीकान्त के पास आहिस्ते-आहिस्ते काफी कुछ जमा होता रहा। बन्दूक, पिस्तौल, गोलियाँ, बम बनाने के लिए बारूद!

हरिकेश अक्सर उनके यहाँ पहुँच जाते थे

एक दिन मनोरमा ने कहा, "अब, आप न आया करें।"

"क्यों, मनोरमा?"

"अपने दोस्त से पूछें—"

सतीकान्त के मन में उसी वक्त सन्देह घर कर गया? भयंकर सन्देह? सतीकान्त ने उससे कुछ क्यों नहीं कहा? यह बात वे हाबुल को कैसे बताएँ कि सतीकान्त उन्हें और मनोरमा को अतिशय विचित्र और तीखी नज़रों से देखता रहता था।

सतीकान्त ने बताया, "मैं उसे सुखी नहीं कर पाया, बिरादर!"

"तुम यह क्या कह रहे हो, सतीकान्त?" हरिकेश अचकचा गये, "तुमने उसे जो दिया, उसके लिए जो त्याग किया..."

"इससे क्या भला हुआ, हरिकेश? जब भी मनोरमा की तरफ देखता हूँ, तभी मुझे अपनी उम्र का ख़्याल आता है, अपनी सेहत की हक़ीक़त सालती है। सिर्फ कृतज्ञता के दम पर उसे अटकाये रखना, मेरे लिए क्या उचित है?"

सतीकान्त वैद्यबाटी के प्राचीन वंश का लड़का था। कर्तव्य को वह

विराट मानता था। इसीलिए उसने मनोरमा से विवाह ज़रूर कर लिया था, लेकिन मनोरमा का यौवन, सौन्दर्य, लावण्य, बीच-बीच में उसे संशय से अस्थिर कर देता था। वैसे हरिकेश जानते थे कि इस संशय की कोई बुनियाद नहीं है, क्योंकि मनोरमा, सतीकान्त को पूजा की तरह प्यार करती थी। लेकिन यह बात सतीकान्त को बार-बार बताने पर भी, उनको भरोसा नहीं हुआ।

सतीकान्त, उन पर ही शक करते थे, यह बात भला हरिकेश कैसे जानते? दलगत कारणों से सतीकान्त, हरिकेश के प्रति बेहद कृतज्ञ था। लेकिन, सिर्फ कृतज्ञता के दम पर एकान्त रिश्ता गढ़ना, उसे टिकाये रखना, बेहद मुश्किल था। सतीकान्त भी नाकाम रहा। हालाँकि राजनीतिक कर्मी के तौर पर सतीकान्त फौलाद से गढ़ा हुआ था, इसके बावजूद वह नाकाम रहा।

"उसके बाद, मुझे मनोरमा का पत्र मिला। मेरे चले आने के बाद! उसने मुझे बुलाया था।"

सात्यकी ने जाने को मना किया था। कौन जाने, मनोरमा को दो-एक बार देखकर ही उसे अन्दाज़ा हो गया था। उसने मान ही लिया था कि सतीकान्त बदलता जा रहा था और इसकी वजह पूरी-पूरी तरह व्यक्तिगत है!

एकमात्र सात्यकी को ही आभास हो गया था कि अगर वे गये, तो सर्वनाश हो जाएगा। विराट सर्वनाश! सतीकान्त के बारे में बोलते हुए, हरिकेश जैसे सख़्त हो आते थे और मनोरमा से बातें करते हुए वे जैसे आवेग में बह जाते थे, वह देखकर ही सात्यकी को काफी दूर तक अन्दाज़ा हो गया था। इस हद तक तो हरिकेश ने भी नहीं समझा था।

"मत जाइए! आप मत जाइए!" सात्यकी ने उन्हें बार-बार आगाह किया, "क्या करना है, बताइए, मैं कर दूँगा।"

लेकिन मनोरमा ने उन्हें बुलाया था! मनोरमा मुसीबत में है। हरिकेश ने सात्यकी की बात नहीं मानी।

जो बात वे सात्यकी को बता नहीं पाये, लेकिन अपने अन्दर-अन्दर वे सुन रहे थे, वह बता देते, तो मुमकिन है, सात्यकी आत्महत्या नहीं करता। सतीकान्त ने अपनी राय बदल दी थी। इतने दिनों बाद उसे अहसास हो आया कि अब तक वह जो करता रहा, वह ग़लत था, भूल थी। यह कोई राह नहीं है। सतीकान्त अहिंस्र हो उठेगा, हरिकेश को यह

आशंका कहीं से भी नहीं थी। लेकिन सतीकान्त अब क्या करेगा, क्या कर सकता है, इसकी भी कल्पना वे नहीं कर पाये।

और वह जो छोटी-सी आर्मरी यानी हथियारखाना थी, उसका क्या होगा? हरिकेश ने कोई बात नहीं सुनी।

"जब मैं बेगमपुर पहुँचा, मैंने क्या देखा, जानते हो?"

"............."

"सतीकान्त प्रायः अप्रकृतिस्थ! उन्मादग्रस्त! उसके अन्दर दो-दो लड़ाई चल रही थी। एक थी—राजनीतिक वजह! उसने मुझे बताया कि इतने अर्से तक वह सोचता रहा और सोचते-सोचते उसे यह समझ में आ रहा है कि इस देश में कोई सशस्त्र अभ्युत्थान सम्भव नहीं है।"

"आपने क्या कहा?"

"मैंने जानना चाहा कि वह ऐसी बातें क्यों कर रहा है! उसने कहना शुरू किया—हमारी क्रान्ति का मतलब है सिर्फ इमोशन! महज़ भावावेग! नब्बे शतांश व्यर्थता! जिसे मारने जाते हो, उसे मार नहीं पाते। जंग लड़ते-न लड़ते, सारा कुछ विशृंखल कर डालते हो। इसके अलावा, सिर्फ मध्यवित्त घरों के आवेगप्रवण, रोमाण्टिक नौजवानों से राजनीति कराओगे, तो यही हाल होगा। हमारे किसान-खेतिहर कहाँ हैं? हमारे श्रमिक-मजदूर कहाँ हैं? हमारे राजनीतिक चिन्तन में आधुनिकता कहाँ है—सतीकान्त चीख उठा था।"

उसकी बातों में युक्ति थी! शायद यह तर्कसंगत था। लेकिन यह सिर्फ आदर्श का संग्राम नहीं था, उसके व्यक्तिगत जीवन में भी तो भीषण संकट घुस आया था। इन दोनों ने एक साथ उसे पागल बना दिया था।

"मनोरम ने मुझसे पूछा—अब क्या होगा? उन्होंने तो कहा है कि वे हथियार वगैरह नष्ट कर देंगे। मैंने सतीकान्त से कहा—ठीक है, सती! यू गो योर ओन वे! तुम अपनी राह चलो! यह सब मुझ पर छोड़ दो। सतीकान्त ने कहा—ऐसा नहीं हो सकता। क्रान्तिकारी कभी अपना कर्तव्य छोड़कर भागता नहीं। इतने दिनों यह सब मेरे जिम्मे थे। मैं ये सब नॉर्थ बंगाल पहुँचा दूँगा। मैंने उसे समझाया—जिस पल तुमने अपना मत बदला, सती, उसी पल से तुम क्रान्तिकारी नहीं रहे। इस बारे में तुम्हारा अब कोई कर्तव्य नहीं है।"

सतीकान्त ने सवाल दागा, "तो क्या तुम क्रान्तिकारी हो?"

"नहीं! मैंने कभी यह नाटक भी नहीं किया, तुम जानते हो।"

"लेकिन तुम मुझे, मेरा कर्तव्य जतानेवाले कौन होते हो? तुम एक दुश्चरित्र, बदमाश इनसान हो। एक प्रतिशत काम करते हो और सौ प्रतिशत सम्मान वसूल करते हो।"

मैंने कहा, "सती, तुम पागलों जैसी बातें कर रहे हो। अब तुम्हें मुझसे इस क़िस्म की बातें करने का हक़ भी नहीं है।"

"क्यों नहीं कर सकता?"

"क्योंकि ये तमाम बातें झूठ हैं।"

"झूठ हैं? मनोरमा ने तुम्हें ख़त लिखकर नहीं बुलाया? तुम्हारे यूँ लगातार आते-जाते रहने की वजह से, मनोरमा क्या अब सिर्फ तुमसे ही...?"

"न्नाऽऽ!" मनोरमा चीख उठी।

"सती, तुम पागल हो गये हो—?" मैंने कहा। मैं उससे भयंकर डर गया था, हाबुल। सती की आँखें स्वाभाविक नहीं थीं!"

"................................"

"उसने मुझे उकसाया—तो तू मुझे गोली मार दे। हाँ, उसने मुझे 'तू' कहकर सम्बोधित किया। उसने कहा—अगर मैं पागल हो गया हूँ, तो तू मुझे गोली मार दे। मैंने उसे तसल्ली दी—नहीं, सतीकान्त! वह बोल उठा—तो फिर मैं तुझे मार दूँगा, हरिकेश! मेरे दिल में भीषण यन्त्रणा टीस रही है। तुझे मारे बिना, मुझे शान्ति नहीं मिलेगी। उसने बन्दूक उठा लिया। मैं ज्यों का त्यों खड़ा रहा। उसकी आँखों से आँखें मिलाये, मैं खड़ा रहा। धीरे-धीरे उसने मुझ पर से अपनी बन्दूक हटा ली और कहा—नाउ, आइ शैल बी ऐट पीस! मैं चैन से रह सकूँगा।"

"आत्महत्या कर ली?"

"हाँ, कह सकते हो! पलक झपकते मैंने उसका हाथ पकड़ लिया और उसका हाथ मरोड़कर बन्दूक छीनने की कोशिश करने लगा। लेकिन उस झटके में गोली छूट गयी। मनोरमा? मनोरमा ने मुझसे कहा—आपने उसे मार डाला!"

उस समय अपनी छाती की तरफ देखकर, सतीकान्त की मृत देह को सामने रखकर, हरिकेश की समझ में आया कि सतीकान्त की ईर्ष्या झूठ नहीं थी। उनकी छाती के एक हिस्से में कोई हिंस्र खुशी बेतरह उछल-कूद मचाये हुए है। उन्होंने मनोरमा की तरफ देखा! उसकी आँखों में घृणा चमक रही थी। विपुल घृणा! हरिकेश वहाँ से भाग आये।

"दल-छोड़कर जानेवाले एक डेजर्टर की हत्या करने और हथियार बचा लेने के लिए आपको 'आचार्य' का सम्मान मिला?"

"हाँ! लेकिन काउण्ट द लॉस! नुकसान का तो हिसाब करो! सतु आत्महत्या कर बैठा। उसने मुझे कुछ भी कहने नहीं दिया। मुझे उसने जो समझा था, मैं वैसा नहीं हूँ, इसी दुःख में उसने मौत चुन ली, हाबुल!"

"इज़ दिस द होल स्टोरी? क्या यही पूरी कहानी है?"

"येस! लेकिन, अब तुम जाओ!"

हाबुल ने वे काग़ज़ात चिन्दी-चिन्दी करके फाड़ डाले और कमरे से बाहर निकल गया। हरिकेश चेहरा ढँके रहे। वे एक क्षत-विक्षत, घायल पंछी जैसे नज़र आ रहे थे! अतीत के पंछी!

काफी-काफी देर बाद बीवी'दी हरिकेश के कमरे में दाखिल हुईं।

"बापी!"

"बीवी!"

"मैं तुम्हें सुलाने आयी हूँ, बापी! निरापद उस कमरे में है।"

"तुम?"

"हाँ, बापी!" बीवी'दी ज़रा झुक आयी।

"बीवी, तुम प्रणाम क्यों कर रही हो?"

"आज तुम्हारा जन्मदिन है—"

"नहीं, यह ज़िक्र रहने दो।"

"वाणी तुम्हारे लिए गरद का रेशमी दुपट्टा लायी है, बापी! कल तुम्हें दिखाऊँगी। आज तुम सो जाओ।"

"तुम्हारी तबीयत ठीक नहीं है, बीवी?"

"अब, मैं ठीक हूँ।"

हरिकेश की नज़र पड़ी, बीवी ने गले में बड़ा-सा हार पहना है! दूधिया-उजली साड़ी! हाथ में मोतियों का कंगन। यह सब वह कभी नहीं पहनती। उसका गला खाली ही रहता है। उसकी सूनी कलाई देखना, उन्हें बुरा लगता है, फिर भी वह कुछ नहीं पहनती थी। उसकी चाहे जितनी भी उम्र हो चुकी हो, उनके लिए बीवी की ज़्यादा उम्र भला कैसे हो सकती है?

हरिकेश बिस्तर पर लेट गये। बीवी'दी ने धीरे-धीरे सारी खिड़कियाँ खोल दीं। खिड़कियों से शरतकालीन शाम, धीरे-धीरे सर्द होकर कमरे के अन्दर आने लगी। धीमी-धीमी हवा में हरिकेश के बाल फुर्र-फुर्र उड़ने लगे।

बीवी'दी ने बत्ती बुझा दी। अब कमरे में कोई भी नहीं था। सिर्फ शाम मौजूद थी। हीरे का हार पहने हुए, बीवी'दी अकेली जगी बैठी रहीं। अँधेरे में कमरे के दरवाज़े की दरार से छोटी-छोटी चुहिया निकल-निकलकर बीवी'दी के पाँवों के इर्द-गिर्द खेलती रहीं। उठती-गिरती श्वास-प्रश्वास की आवाज़ से अन्दाज़ा लगा कि आज हँफनी की दवा लिए बिना ही हरिकेश गहरी नींद सो गये हैं...

❑❑